# 青い馬

第三號

# 青い馬　第三號　目次

★



★



★

# 黑谷村

坂口安吾

矢車凡太が黑谷村を訪れたのは、蜂谷龍然に特殊な友情や、また特別な興味を懷いてゐたためでは無論ない。まして、黑谷村自體に就ては、その出發に先立つて、已に絶望に近いものを感じてゐたのだが、それでも東京に留まるよりはましであると計算して、厭々ながら長い夜汽車に搖られて來たのだ。

夏が來て、あのうらうらと浮く綿のやうな雲を見ると、山岳へ浸らずにはゐられない放浪癖を、凡太は所有してゐた。あの白い雲がうらうらと浮いて、泌むやうな山の季節を感じながら、餘儀ない理由で都會に足を留めねばならぬとき、彼は一種神經的な激しい涸渇を感じて、五感の各部に妙な渇きを覺えながら、不圖不眠症に犯されてしまふ。特別な理由があるわけではないが、彼の半生を二つの風景が支配してゐた。一つは言ふまでもなく山岳であり、そして他の一つは、あのごもごもとした都會の雜踏であつた。この二つの中へ雜るとき、彼はただ、何といふこともなく確かに雜るといふ實感がして、深く身體の溶け消えてゆく狀態を意識することが出來るのであつた。日頃負ふてゐる重荷をも路傍へ落し忘れて、靜かにそして百方へ撒かれてゆく輕快なリズムを、耳を澄ませば一種じんじんと冴えわたる幽かな音響に、聽き分けることも出來るのであつた。彼は元來脆弱な體質で、山に攀擧することの苦痛は並大抵なものではなかつた。しかし山を降りてからのまる一年、またうらうらと雲の浮く季節になるまでといふもの、追憶の中に浮び出る靑々とした山脈の姿は、その彷彿とした映像の中に登攀してゐる彼の像が、その時は喘ぎ苦しむこともなく、ただひたひたと四方の明暗に浸透してゆく愉快な質感を認識させるのであつた。山の沈默にゐて思ひ出す雜踏の慈愛と同様に、雜踏にゐてふと紛れ込む山脈の映像は、恰も目に見え、耳に冴え、皮膚に沁みる高い香氣を持つものであつた。それは丁度、使ひ古して疲勞困憊した觀念が、その故郷《ふるさと》に歸滅してゆくかのやうな懷しさを持つものであつた。その劇しいのすたるぢいに犯された瞬間に、彼は身體の隅々に强烈な涸渇を感じながら、もしその時この雜踏の中で一つぺんに氣絶したなら、何かふうわりとした夢幻的な方法で、次の瞬間にはその身體が山へ運ばれてゐるのではあるまいかと思はれたりした。そんな時だ、手の置き場所が分らなくなつて、手がそれ自身意志を持つ動物であるかのやうに、肩や腰や背や空や、あてどもなく走り出し騷ぎはぢめるのは。――そんな一日のこと、彼は雜踏のさ中で、ふと蜂谷龍然を思ひ出したのだ。それは別に深い意味があるわけではない。彼は旅費が不足してゐた、そして龍然は山奥に棲んでゐた。

龍然は、學生時代にも、凡太とそれ程親密な間柄ではなかつた。ただ、二人共ほかに親しい級友を持たなかつたので、かなり親しい友達のつもりで、時々往復し合つてゐた。結局卒業してしまふまで、「あります」「あなた」といふやうな敬語を用ひ、相手がうるさくて堪へられない時や酒のうへなぞでは、別段怪しみもせずぞんざいな言葉を、その時だけは極めて自然に使ひ合つたりしてゐた。龍然はとりわけて才のある男でもなく、一見さう見える通り、實際もごく平凡な好人物であるやうにしか考へられなかつた。取柄といへば、意地の惡いところをまるで持たないことと、田舍者じみてゐるくせに、都會的な感覺なり見解なりを、平凡ではあるがしかし本質的に持ち合せてゐたことだつた。龍然は父母もなく妻もない一人者で、黑谷村の橄欖寺に若い住職であつたが、凡太がふと彼を思ひ出した瞬間には、まだ一度も見た筈のない龍然の法衣を纒ふた姿が、何等の不思議さも滑稽味もなく歴々と其處へ立ち現れた程、本來坊主くさい男だつた。額をつき合してゐたら、一時間でも退屈するであらうのに、一夏起居を共にするとしたら、考へただけでも重くならざるを得ない、まして、彼の調べた地圖によれば、黑谷村は成程山奥には違ひないけれども極くありふれた山間の盆地にすぎないやうであつた。しかし其の年、凡太は次々に起る不愉快な出來事に蝕《むしば》まれて自棄まぢりの重苦しさを負擔してゐたから、東京にゐて憂鬱の尾を嚙みしめるよりはまだしもましであらうと考へ、リユツクサツクを背にして夜汽車に乘り込んでみたが、重荷は汽車の速力に順つて深くなるやうにしか思はれなかつた。

翌朝山間の小驛に下車して、ぼろぼろと零れた十人ばかりの人々と屋根もないプラツトフオムに取り殘されてみると、思ひがけない瓏然の姿が出迎へに出てゐた。彼は草鞋を履き、袢のやうな古めかしい背廣服に顔色の惡い丸顔を載せて、零れた人々を一人づつ甜めるやうな格巧をしながら、よろよろと彼を探し廻つてゐた。やがて龍然は彼を認めて、五六間離れたところから片手にぶら下げた何か細長い物をクルクル振り廻しながら、ぼつぼつと歩み寄つてきて「いやあ――」と言つた。此の並はなれてあけ放しな至極あたりまへな物腰が、凡太を全く喫驚《びつくり》させたのであつた。そしてその時から、彼はもはや豫想して來た重さとはまるで違つた何とはなしに親密な氣持へ、自然に轉化させられてしまつてゐた。龍然が片手にクルクル振り廻してゐたものは、も一つの草鞋であつた。彼はそれを凡太に履かせて、二人は其處から十里ばかりの山路を歩くのである。

人の氣配のさらに無い山路に彪大な孤獨を嚙みしめながら、谷風に送られて縹渺と喘ぐことを、凡太はむしろ好んでゐた。それは苦しいには違ひない、疲勞困憊の擧句、えねるぎいといふものを硬質のものを胎内に感じ當てることが出來なくて、汗ばかりべとべとと、まるで身體全體が滴れてゆく粘液自體であるやうに思はれ、仰ぐと、たまらない明るさばかりがカンカン張り詰めてゐて、眩暈《めまひ》がくるくる舞ひ落ちながら、逞しい空虚と太々とした山の心が一度にぐつと暗闇の幕を開く。山一面に蟬の音がぢいーと冴えて、世界中がただそれだけであるやうに感じられてしまふ。流れ込む汗を喰べながら、一種の泥醉狀態に落ちて、其處らの岩陰にへたへたと崩れたならもうそれなりにどうなつても構はない、自分の身體を人の物程も責任を持つ氣がなくて、やりきれない自發自棄で明るい空を仰ぐと、自分といふ一個の存在がみぢめで懷しくて堪らないのだ。

山路へかかつてものの一里と行かぬ頃から、凡太は已にそんな泥醉狀態に落ちてゐたが、不健康な色をした龍然は、しかし馴れてゐると見えて、初めからたどたどしい足取りのまま亂れを見せないのであつた。連のあることをもはや忘れつくしてゐるもののやうに、沈默を載せてぽくぽく辿つてゐた。實際、あれだけの長い距離《みちのり》の間に、二人の人間がお互の存在に意識を持ち合つたのは、谷川へ降りた時あの時一度だけではなかつたのか。思へばあれは、長い距離《みちのり》の丁度中頃に當る邊りであつたに違ひない、何か目印でもあるのであらう、龍然は突然谷川の曲點《カァブ》を指し示してあそこで休もうではないかと言ひ出した。見下せば、水音はきこえるが、水の色さへ定かには目に映らない深い深い谷であつた。急峻な藪を下る時ひとだび足を滑らしたならば危險極まるものであるし、降りるには降りても、又登る時の苦痛を考へたなら、なまなかの休息には樂しみを豫想する氣持にもならないのであつた。しかし龍然は言葉を捨てると何の躊躇もなくはや藪の中へ足を降ろしはぢめたので、同じ動作を凡太も亦行はざるを得なかつた。しかし降りはぢめてみると、むしろ危いのは龍然の足どりだつた。彼はしかつめらしい自信顔で凡太を庇ふやうに時々ふり仰ぎながら、そのくせ彼自身危い腰つきで、どどどうつと一二間滑り落ち、辛うじて立ち止ると自分の様子には一向無反省で、いましめの眼をけわしくぢつと凡太の足もとへふり注ぐのが一つの滑稽であつた。此の道を通る時、龍然は恐らくこの同じ場所で同じ休息をとる習慣にちがひない、降り切ると、當然の順序のやうに衣服を脱いで紅葉の枝に懸け、谷川へヂヤブヂヤブ潜り込んでしまつた。谷川は此の場所だけはかなり廣さもあり、深さも場所によつては鳩尾まではあるのだつた。龍然は腹を下に兩手を擴げてブクブクとやつたり、急に背を下にしてヒラリヒラリと體をかわしながら又腹を下にしてみたり、凡そ泳ぎ以外の色々の術を試みるのであつた。谷底の木暗いしじまで握飯《むすび》を食べ終ると、龍然は凡太にもすすめておいて、自分は平たい岩塊の上へ仰向けに寢轉び、やがて深い睡りに落ちてしまつた。肋骨や手足の關節が目立つて目に沁みるその不健康な裸體を見てゐると、まるで痩衰へた河鹿が岩にしみついてゐるやうにしか思へないのであつた。魂などといふものは勿論、およそ「生きてゐる」といふ何等かの證據を、まつたく何處にも見出すことの出來ない殘骸といふ氣がした。凡太は睡る氣持にもならなかつたので、それから龍然が目を醒ますまでの三時間ばかりといふもの、變に淋しい自棄《やけ》な氣持になつて、水へがぼがぼ潜つてみたり、ふと氣がついて頭をあげると谷の枝枝に鳴りわたる風音が耳についてきたり、上の藪を這つてゆく縞蛇に出會つたりした。

　二人が黒谷村の峠まで辿りついたとき、もう黄昏も深かつた。熊笹の中から頸だけを延して顧れば、今來た路は幾重もの山波となつて、濃い紫にとつぷりと溶けてゆくのが見えた。山に遠く蜩の沈む音をききながら峠を降ると、路は今迄とはまるで別な平凡な風景に變つてきた。山といふ山はみな段々の水田に切りひらかれて、その山嶺まで稲の穗が、晝ならば青々と見えるであらう波を蕭條と戰がせてゐた。時々山毛欅の杜が行く手を脅かすくらいなもので、あの清冽な谷川も、ここではすぐ目の下に、あたりまへの川の低さになつてしまつた。黒谷村字黒谷は、黒谷川に沿ふて一列に並んだ、戸數二百戸に滿たない村落であつた。丁度夜がとつぷり落ち切つた頃、二人は村端れの居酒屋を潜つて、意外に安價な地酒を掬んだ。二階の窓を開け放すと裏手にはすぐ谷川で、たしかに深い山らしい涼しさが、むしろ膚に寒寒と夜氣を運んできた。遠くから又遠い奥へ鳴り續いてゐる谷川のせせらぎを越して、いきなり空へ攀ぢてゐる山山の逞ましい沈默が、頭上一杯に壓しつけて酒と一緒に深く滲みてくるのだつた。龍然は不思議に酒に強く、凡太に比較して殆んど醉を表はさなかつたが、時たま思ひ出したやうに、ひどく器用に居酒屋の女中を揶揄つたりした。それがその瞬間には板についてゐて、驚くと、度膽を抜かれた瞬間には、もうもとの妙に取り澄してゐる彼の風貌が、それはそれなりに龍然そのものであつた。凡太はむやみに面白くなつて、愼みを忘れて泥醉してしまつた。居酒屋の女中は醉つた凡太をとらへて、しきりに婬をすすめるのであつた。挨拶に出て來た年老いた内儀をそれへ雜つて、

「和尚さんはいい人がおありですからおすすめはしませんが、客人はぜひ今夜はこちらへお宿りなさい。」

なぞと、あたりまへの挨拶のやうに述べるのであつた。

「來るさうさうから餘り立派な記念でもないから、今夜だけは寺でねる方がいいさ。」

龍然は洒脱な物腰で、彼のためにそんな斷りを述べた。女達のさわがしい二の句を一つ殘さず斷ち切つて、巧みに話題をそらしてしまふ程それは苦勞人らしい物腰で、女達は「和尚さんの意地わる……」なぞと言ひながら、

龍然の口ぶりを面白がつて笑崩ひれてしまつた。二人は賑やかな見送りを受けて居酒屋を立ち去つたのだ。それは實際賑やかな見送りと言ふべきであつた。なぜならば、其處にだけ一塊の喚聲が群れてゐて、それをすつぽりと包んだ一面の暗闇はただしんしんとするばかり、その喚聲のすぐ周圍でさへ、耳を澄ませども見えるもの聽えるものは無いからだつた。やがて暫くして、深い谷音ばかりはつきり耳についてきた。――これは、凡太が黑谷村へ足を踏み入れた第一日の印象だつた。居ついてみると、一見平凡な黑谷村も、變に味はひのある村だつた。

黑谷村は猥褻な村であつた。氣樂な程のんびりとした色情が、――さう思つて見れば、蒼空にも森林にも草原にも、だらしなく思はれる程間の拔けた明るさを漂はしてゐた。凡太は一日、山の段々畑をいくつか越えて何氣なく足を速めて逍遙してゐると、穗の間から上半身をあらわした若い農婦がだしぬけに顏をあげて、健康な(HALLOO!)を彼の背中へ叫びかけた。凡太は丁度山嶺に片足を踏みかけてゐたので、ふりかへると遠くはるかな風景が、その中へ農婦の姿をも點描して深々と目にしみてきた。彼は壯快を感じて元氣一杯な(HALLOO!)を返しながら山の裏側へ消え込んでしまつたが、考へてみると一つ足りない氣持があつた。その夜、その話を龍然にしてみると、果せるかな、これは夜這ひへ誘ふ黑谷村一般の招辭であるといふのだつた。さう言はれてみれば、ある日のこと、尾根傳ひに國境へ通ふ風景の良い路で、蕨を乾してゐる娘から明らかに秋波を送られた經驗もあつた。その後凡太は、色々の場所に色々な樣式で、之と同じ事情に幾度となく遭遇した。しかしそれは、猥褻と呼ぶには當らない、むしろ透明とか悠久とか、そんな漠然とした親密な名辭で呼ぶにふさわしい程凡太の膽に奥深く觸れて來るものがあつた。其は單に隱されてゐるものを明るみへ曝したといふばかりで、むしろ徹底した氣樂さが、たとへば振り仰ぐ空の明るさのやうに、坦々として其處に流れ、展開してゐるにすぎない。一年の半《なかば》は雪に鎖され、殘りの半《なかば》さへ太陽を見ることはさして屢でないこの村落では、氣候のしみが人間の感情にもはつきり滲み出て來るのだつた。夏も亦一瞬《ひとゝき》である。あの空も、あの太陽も、又あのうらうらとした草原も樹も。……さういふ敢果無さが慌ただしい色情の裏側に、むしろうら悲しくやるせない刻印を押してゐるやうに思はれて、物の哀れとも言ふべきものが、佗しく胸に泌みて來るばかりであつた。そして凡太は、さういふ色情の世界に居つくと、途方もない氣樂さを感じ初めて來たのだつた。それは單に村の風俗に就てばかりではない、この平凡な盆地の山も木も谷も、それら全體にわたつて、じつとりと心に響く一つの風韻がわいてきたのだつた。それは凡太の好色に汚名をきせるのも一理窟ではあるが、いつたい凡太は、この旅の出發に當つて、期するところ餘りにも少なかつたのがこの際大きな儲け物であつたのだ。それには橄欖寺の住み心持も、黑谷村の風韻から別にして計算してはならなかつた。

　黑谷村逗留の第一夜、龍然から與へられた橄欖寺の離れにおさまつてみると、その瞬間から己に借物といふ感じはせずに、いつか昔棲み古したことのある自分の家といふ氣樂さだけが意味もなく感せられてならなかつた。寺には龍然のほかに使用人も無かつたし、その龍然とも必要のない限りは顏を合はさずにも暮すことが出來たし、顏を合したところで、龍然の方では凡太を別に客らしい意識では待遇もしなかつたので、食事なぞも好きな時に臺所へ探しに行ければそれでよかつた。時々むしろ龍然の方で、彼が遊びに訪れたやうな顏付で凡太の離れを訪問するが、實際それは拵へ物でも謙讓でも、まして卑屈でもなく、第一凡太にしてからがその時は龍然の方が遠路の客人であるとしか考へられないのであつた。二人は寢轉んだまま何の話も交へないで、ただ漫然と二時間三時間を過すこともあつたが、出發する前に豫想したやうな退屈や氣づまりは全く感ずることも無かつたし、そのうちに二人とも睡り込んで、やがて一方が目を醒して散歩に出てしまふと、間もなく一方も目を醒して、がらんとした寺の空虛を嚙みしめながら、初めから自分一人で其處に寢てゐたやうに考へながら自分の營みに立ち去つてしまふ。この氣樂さから身體を運び出して漠然と黑谷村を彷徨すれば、村がいかにものんびりと胸に滲みるのは尤もな話であつたが、それにも增して、本來橄欖寺そのものの內側にも淫靡な靄が漂ふてゐたから……。それは每晚のことだつた、氣のせいか、多少は音を憚かる跫音が、しかしかつかつと砦を鳴らしながら、山門を潜つて龍然の書院へ消え去るが、それは夜每にここへ通ふ龍然の情婦であつた。もとより龍然は、わざと情婦を凡太に紹介することもしなかつたけれど、さりとて隱し立てするわけでは無論ない、靜かすぎる山奥の夜であるから、うむうむと頷く聲が聽えたり、日本の裏手は北亞米利加ではないだらう等と、愚にもつかない話聲も洩れてきたりするが、流石にまれには女の泣く音も聽えたりしてそれらしい情景を想像させることもあつた。激しい嗚咽が長長と消えない夜も、龍然は別に凡太の手前をつくろつて、それを隱しだてる氣配も立てはしなかつた。彼の方でもことさらに聽き耳を立てるわけではなかつたから、つぢつまの合はない物音が時たまぽつんと零れてくる程にしか過ぎない、戀といふ感じよりは、どう思ひめぐらしてみても尋常の人の世の營みを越えた刺激は全く受けることがなかつた。ただ女が、農婦よりはいくらか程度の高い敎養を持つ人であることを、薄々感じることが出來てゐた。それだけの話で、かなり長い後まで、女の名前は勿論、女の顏さへ見知ることなく過してゐた。さういへば、一度だけその後姿を見かけた黃昏があつた。それは二人が打ち連れて間道を拔けながら隣字の溫泉――といつても一軒の宿屋が一つの湯槽を抱えてゐるにすぎないのであるが――へ浸りに行く途中のこと、丁度本道と間道との分かれ路にあたる欝蒼とした杉並木で、本道を歩いて村へ歸る束髪にした女人の大柄な形をみとめたのであつた。三本路のことであるから、別に擦れ違つたのでもなく特別な注意もしてゐなかつたので、凡太はその顔を見なかつたが、暫くして、あれが俺の女で苫屋由良といふ名前だと龍然はふと言ひすてた。實はその時、ほんのわづかではあつたが、まだそれを口に出さない龍然の沈默の數秒の間に、已にそれを感じさせる何がなしの感傷があつたので、凡太は疾くそれを悟ることができて、どんよりと澱んだ黃昏のなかへ波紋を畫きながら擴がつてゆく太い憂欝を味はつてゐた。そして龍然が口を切るまでの短い沈默を、堪えがたい長さに壓しつけられてゐたので、その言葉をきいた時にはもや振り返る氣持にもならなかつた。しかしとにかく振り向いて、女の後姿よりはむしろその前方に暮れかかつてゐる已に漠然とした山山の紫を、ぢつと目に入れて頸を戻したのであつた。それでも氣のついた限りでいへば、女は浴衣をきてゐたが、その著こなしが確かに都會生活を經てきたにちがひない面影をあらわしてゐた。ただそれだけの觀察であつた。二人は又こつこつと狹い間道を歩いて、その時もはや龍然の物腰にはいつもの殘骸といふ感じしか見當てることは出來なかつたが、しかし凡太の心には、深い哀愁が長く長く尾をひいて消え去らなかつた。一體この朝夕、龍然の超然とした物腰には、隱しがたい陰慘な影がほのかに滲み出てゐることを、凡太は見逃すわけにいかなかつた。凡太の思ふには、これは一つには女の事情でもあらうと一人心に決めてゐたために、そのために何故ともなく、淋しい思ひが尙强く胸にこたへてきた。しかし溫泉で酒をくんでも、女の話には、もはや龍然は一言だにふれなかつた。

いつとはなく盆に近い季節となつて、夜每に盆踊りの太皷が山の上に鳴りつづいてゐた。盆とはいへ、この邊りでは八月にそれを行ふ習慣であるから、もう夏もすつかり闌けて、ことに晝は蟬の音にさへ深い哀愁が流れてゐた。その朝、龍然は五里ばかり離れた隣村の豪家から使ひを受けて、かねて知り合ひの其處の次男が急死したために、通夜に招かれて一泊の旅に出掛けてしまつた。ただ一人ぼんやりと夜を迎へたら、蜩《かなかな》と共にとつぷり落ちた夜の太さに堪らない氣持がして、かねて馴染の居酒屋へ醉ひに行こうかとも思案したけれども、尙滿ち足らぬ氣持があつたので、凡太はガランとした本堂へ意味もなくぐつたり坐り込んでゐた。燈明を點してみたり、又一度坐り直して暫らくして、又立ち上つて冷い床板をぐるぐる歩き廻つたりしてゐるうちに、橄欖院呑草居士といふ位牌を一つ、もう埃にまみれてゐるものを見出したのであつた。彼はぢつと考へて、又一度坐り直したが、いつの間にやら夢の心持で、經文を唱へはぢめてゐた。彼は坊主ではなかつたが、學生時代には印度哲學を專攻したために、二三の短い經文はおぼろげながら暗んじてゐたから。一體位牌そのものの出現が孤獨を滿喫してゐる凡太にとつて少なからぬ神秘であつたのに、以前彼は龍念からこの寺の先住に就て妙な話をきかされてゐた。それは一應噴飯に價する無稽な話に思はれたが、笑ふ相手もなく孤りでゐるこの時には、別に滑稽味もなく素直に先住の面影が浮んできた。それ故凡太は、噴き出すこともせずに、こんなしかつべらしい端坐を組んで誦經をやり出したのであつた。その話といふのはこうであつた。橄欖寺の先々代は學識秀でた老僧であつたが、酒と茄蛸が好物で、本堂に賭博を開いては文字通り寺錢を稼いで一醉の資とするのが趣味であつた。町へ出る度に、茄蛸を仕入れて歸るのが樂しみであつたが、一日、まるまるとした入道を仕入れたので滿悅して山門をくぐつた。その夜も賭博があつて、和尙は焦燥を殺してゐたが、夜が白んで一同全く立去つてしまふと大いに滿足して庫裏へ出掛けて行つた。さて、がたがたと鳴る重い戸棚をやうやくに開けて、ぼやけた雪洞をふと差し入れて見たところが、棚の片隅にぴつたりと身を寄せて、まるまるとし茄蛸は大變まぢめな顏をして自分の足をもぐもぐ喰べてゐる最中であつた。蛸は眞面目であつたから、暫くの後やうやく燈りを受けてゐることに氣づいて、ひどく耻ぢらつて赤らみながら顔を背けてむつとしたが、和尚は喫驚《びつくり》してモヂモヂと立ち去ることを忘れてゐたものだから、蛸はぷんと拗て輕蔑を顔に顯はし、食へ、といふやうに一本の見事な足を和尚の鼻先へぬつと突き延した。和尚は大いに狼狽して、そそくさと小腰をかがめ、命ぜられる通りこれを切り取つてうろたへながら本堂へ戻りついたが、とにかく變てこな氣持と共に之をモクモク呑み込んでしまつた。その翌日から和尚は全く發狂して、やたらと女をペロペロ甜めたがり乍ら、間もなく黃泉の客となつた。と、そんな話を一夜龍念はぽつぽつと凡太に語つた。凡太はこの話をきいて、あまり面白い話なのでこれはつくり話であらうと直ぐさま思ひついたから、笑ひながらさう龍然に訊ねてみると、彼もあはあはと笑ひながら暫く默つてゐたが、とにかく蛸に色情を感じたのは坊主らしくて面白いではないか、と照れ隱しのやうな眞顔でさう言つた。その言葉は不思議に劇しい實感を含んでゐたので、そのとき凡太は忘れ難い感銘を、深く頭に泌みこませてしまつた。恐らく龍然の女は軟體動物に似た皮膚を持つ肉體美の女であらうと、そのとき凡太は卽座にさう決めた。そして彼はこんな好色な話題を交しながら、猥褻とはまるで別な、やるせない一脈の寂寥を龍然の殘骸から感ぜずにはゐられなかつたのだ。——そして事實、龍然の女はたしかに肉體美の女であつた。なぜに分るかといへば、この靜かな夜本堂に經文をおげてゐたら、凡太はゆくりなく苫屋由良の來訪を受けたからであつた。

「矢車さん矢車さん……」

はぢめはさういふ聲を幻聽のやうに凡太はきき流してゐたが、するとすぐ「ごま化しながらお經をあげてゐますこと」といふ聲が、個性を帶びてはつきり背筋に觸れてきた。凡太は愕然として振り返ると、本堂の丸柱と並んで、大柄な女が一人うつすらと立ちはだかつてゐた。凡太はあまり不思議なことなので……いや、不思議とはいふもののこれは情景の説明ではない、凡太の意識内容の説明であるが、この突瑳の瞬間に、彼はしばらく氣拔けのやうな驚愕を味得して、呆然としたままその思惟を一時に中絶してしまつた。元來、これは必ずしも定則ではないけれども、凡太は屢孤獨に耽つてゐる折、突然人像の出現に脅やかされるとき、現前に轉來した事實とはまるで別な一種不可解な無音無色の世界へ踏み迷ふことがあつた。それは出現した人間の個人の個性とは凡そ無關係なもので、第一その場合その人を多少なりとも認識したものかどうかさへ疑はしい程突瑳な瞬間の出來事であるが、なぜかぎよつとして、ばたばたと轉落する氣配を感ずるうちに、自分一人の何物かを深く鋭くぢいつと見凝めてしまふのであつた。もはやその時それは一種の夢にちがひない、突然開かれたその門を茫漠と歩いてゐるうちに、凡太は彼の一生に於て、恐らくは最も孤獨な、あらゆる因果を超越してただ寂漠と迫まつてくる一つの虚無——、何か永劫に續いてゐる單調な波動を、やりきれぬ程その全身に深々と味つてしまふのであつた。暫くして彼はその狀態から覺醒しはぢめるとき、まづ何事か熱心に暗中模索を試みる情緒の蠕動を感じて、やがてしんしんと澄みきつてゐる白板の中へ次第にありありと現像する外界を漸次再認するのであつたが、彼はこの夜もその同じ過程《ぷろせす》を經過して、漸次現實の靜寂が耳につきはぢめてくると、其の時その靜かな夜氣の中にふと湧き出でて次第に波紋を擴げてゆく狂燥な笑ひ聲を鋭く耳に聽いた。しかし彼は、この覺醒の瞬間に於ては、もはや絶對に物に驚くといふ心情を消失してゐる習慣であつたから、泰然として蓋のやうに蹲くまりながら、ぢつと下から由良の顏を見上げた。

「あなたもいくらな氣狂ひですね。龍然もやはり氣狂ひです……」

由良のぺらぺらと流れる癇高い聲を聽きながら、彼はしかしこのふくよかな肉附を持つた女が、粗雜な言葉とは全く逆に妙に古風な瓜核顏をしてゐること、それは古い繪草紙の人物のやうな一種間の拔けたおとなしささへ表はしてゐること、かなり酒に醉ひ痴れてゐること等を一纏めに感じ當ててゐた。凡太はどうしたはずみか、大變まぢめに端座して「僕は氣狂ひではありません」とごもごも答へてからはぢめて我に返つたが、女はその聲にはまるで構はず、左手をまずべつとりと床板につき下して重心をそこへ移しながら、崩れるやうに腰を落して兩足を投げ出した。

「今晩は。はぢめてお目にかかりましたね。」

「今晩は。はぢめてお目にかかりました。」

「龍然は留守でせう——?」

「今夜は歸るまいと思ひます。御存知ですか?」

「出掛けるとき、さう敎へに來ましたから——」

「ああ成程——」と凡太は當然なことに暫く慚愧して耳を伏せたが、つらつら思ひめぐらすにこれは當然慚愧するには當らない根據があると氣がついた。龍然は今朝早く使ひを受けると、特別に支度を必要としない男のことだから、已に魂は遠く無しといふ骸骨にポクポクと跫音をひびかせて、すぐさま山門から空間の方へ消失してしまつたが、あの姿で女のところへ留守を知らせに立ち廻るほど纖細な精神を含蓄してゐやうとは、これは實際奇蹟であり不合理であり驚愕であり滑稽であり、——そして、考へてみれば胸にこたへてくるものがあつた。凡太は長嘆息を嚙み殺して白い顏をした。

「龍然は妾をずい分可愛がつてゐますわ」

「さうですね。さのやうに見えますね。僕は友達といふのは名ばかりで、ろくすつぽ話もしたことがないのですし、同じ寺に寝起きしてゐても二三日顔を合はさずに暮すことさへよくあるくらいですから、あの男に就ては實際のところ何も知つてゐないのです。」

「龍然は、でも、あんまり悧巧な男ではありませんわね。冷たくて冷たくて、時々ぼんやり何か考へごとをしてゐてやり切れないのです。妾を可愛がるのもいいけれど、とにかくさういふ氣持を自分で反省するとき淋しい自己嫌悪を感じるのは苦痛だから、可愛くても可愛いいというふうに思ふのは厭だ厭だと言ふのですわ。それでゐて氣狂ひのやうに劇しく妾を抱くのです。龍然の淋しい氣持は妾にも大慨分りますけれど、表へ出す冷たさが妾にはあき足らないのです。龍然は莫迦野郎ですわね。龍然はほんとうに莫迦野郎ですから、妾は別れる氣持になりました――」

「ははあ……それは今朝のことですか――?」

「いいえ、ずつと昔からですわ。でも、ほうとうに決めたのはたつた今しがたなんですわ。村に女衒が來てゐるのです。三月と盆は女衒の書き入れ時ですから。妾はずつと昔にも一度女衒に連れられて村を出たことがありました。お分りですか? 凡太さん……妾は今も女衒と一緒に寝てきました。あははははは……嘘嘘嘘、一緒に酒をのんできただけ……」

由良は床板に強く支へてゐた兩腕をするすると滑らして、横に倒れると一本のだらしない捧となつてねてしまつた。

「女衒は上玉だつて大悦びでしたわ。妾はそれを教へてあげに此處へ來たのです――」

「僕にですか――？」

「さう。誰にだつて教へてやりたいから、あなたにも教へてやりに。」

由良は顔を拾ふやうに持ち上げたが、又それを兩腕の中へすつぽりと落して、もう拾ひあげやうとはしなかつた。かなり深く醉ひ痴れてゐるのだ。そこで凡太はぢつと腕を拱いて、――實は途方もない別なことを、一心に考へ初めたのであつた。いや、別なことを考へはぢめたと言ふよりは、何も考へない思惟の中絶へ迷ひ込んだと呼ぶ方がむしろこの際又しても正しいのであつた。凡太はこの數年來、常に現前の事實には充分に浸ることが出來なくて、全てが追憶となつてから、その時の幻を描き出してのち、はぢめて微細な情緒や、或ひは場面全體の裏面を流れてゐた漠然たる雰圍氣のごときものを、面白く感じ出す不運な習慣に犯されてゐた。ありていに言へば、この男は如何なる面白い瞬間にも、それに直面してゐる限りは常に退屈しきつてゐて、今のことではない、その昔經驗した一場面の雰圍氣へ、何時ともなしにぼんやりと紛れ込んでしまつてゐる。音樂をきいてゐてさへ、スポオツを見てゐてさへ、無論矢張りそれはその通りで、現在ショパンの音樂をききながら、それにすつかり退屈を感じて、いつか聽いたモツアルトの旋律を思ひ出してそれにうつとり傾聽してゐたり、一壘の走者を見てゐながら頭の中ではそれを三壘へ置いて盛んに本壘盗壘《ホオムスチイル》を企てさせて興奮してゐたり、さういふ藝當は日常茶飯のことで、それでゐてショパンの音樂を聽いてゐなかつたわけでもない證據には、他日又その瞬間を實に樂しく彷彿と思ひ出して來るのであつた。ショパンはいい、ショパンの音樂は實に素敵だと夢を追ふやうに慌ただしく知人達に吹聽しながらショパンの演奏される日を待ちかねて音樂會場へ殺到するのだが、さて腰を下してぢつとしてゐると幕も上らぬ頃から又してものべつ幕なしにうんざりと退屈しきつて、演奏の終る時までやたらに別のことばかり考へてしまふ。興奮することを知らない男かと言へば、それは斷じてさうでない、ただ、大いに激昂して叫喚亂舞に耽溺してゐる最中に、興奮してゐることとそれに就て波のやうな退屈を感得し、落膽《がつかり》してしまふのであつた。

由良の肢體はだらしなく床板の上に寢そべつてゐたが、凡太の丹誠によるほのかな燈明のおかげで、幸ひそれは人魚のやうに可憐に縹渺として童話風な戀情をそそつた。凡太は腕を拱いて空間を凝視してゐたが、やがて波のじつとりと落ちた廣い廣い海原に、倉皇と海面《みのも》を走る遙かな落日を、その皮膚にすぐ近くひたひたと感じはぢめてゐた。それは遙かな海であつた、已にとつぷりと暮れた東南の紫は次第に深くくろずみ渡り、西方の水平線にはわづかに殘る薄明がひろい寂寥を放つてゐたが、そのとき、深くうなだれた一人の男が永遠に歸らんとするものの如く、足を速めて西へ西へ海原を歩く像《すがた》を見出してゐた。鋭い影は一線に海を流れてすでに深い背《うしろ》の闇に溶け去つてゐるが、男はそのただ一つなる決意のみを心とする人の如く、ひたすらに歸らんとして疲れた足をいそがせてゐる、しばらくして、ものに怯えた人の如く、男はふと頸をめぐらして背《うしろ》の闇をぬすみみた、そして……うう、「如是我聞、如是我聞――」、算を亂して逃亡する自我の滅烈を感じながら、居ずまひを立て直した凡太は、勇氣をかりおこして經文を呟きはぢめたのであつた。それも亦束の間のこと、ぶつぶつ煮える呟きも次第に低く引き去れば、山上の金比羅大明神の前裁に鳴りひびく盆踊の樽太鼓のみ、靜かに背髓に泌みついてきた。そのとき由良ものつくりと起きた、暫らく手を床《ゆか》について、重たげな頭をぢつと下に向けながら、樣々な音響を耳にこまかく選りわけてゐるやうな形であつた。

「踊りの太皷がきこえますわね……」

「さう、トントントトトトントン……と、はあ、きこえる。」

「行つてみませうか。」

由良はふらふら立ち上つて、燈明の方をぢつと見てゐたが、がつかりして笑ひ出した。

「ほら、燈明をぢつと凝視めてごらんなさい。くすぐつたいやうに、ちろちろ氣どつて揺れはぢめる……氣のせいばかりぢや、ありませんわね。厭な奴。ああああ——。」

歩き出してみると、凡太の杞憂したほど由良の歩行は亂れてゐなかつた。風は死んでゐたが、夜氣そのものが冷え冷えと膚に迫つて、その度に冥想すべき何等かの思考力を植え落してゆくもののやうな、沈欝な過程《ぷろせす》が感ぜられた。橄欖寺の裏手から墓地を抜けると、杉並木の嶮しい間道がものの四五丁もして、やがて欝蒼と山毛欅の林に圍まれた金比羅大明神へ續くのであつた。歩いて行く先々《さきざき》にぷつんと杜切れる蟲の音は、その突然の空虚《むなしさ》で凡太の心をおびやかして、その激しい無音狀態がむしろうるさく堪えがたい饒舌に思はれてくる、なぜかと言へば自分自身の精神が湧く波の如く饒舌なものになりはぢめるから。零れ落ちる月明を頼りに、やうやく山毛欅のこんもりとした金比羅山の麓まで辿りつくと、それらしい燈火は何一つとして洩れて來なかつたが、ごやごやした人群の喚聲が、葉越に近くききとれた。その山へ差しかかつてはぢめて、かなり劇しく喘へぎ出した由良を助けながら、境内の平地へ一足かけてぬつと頭をつき出すと、群れてゐる群集の分量とは逆に、點つてゐる提灯の燈りは思ひがけないほど乏しい數だつた。ぼんやりと浮かび出てゐる薄ら赤い明りから人群の大部分はむしろはみ出しており、外側からは無論見えない樽太皷を中に、村の衆は男女を問はず廣い花笠に紅白の襷をかけて、唄ともつかぬ盆唄を祈禱のやうに呟きながら、單調な圓舞《ライゲン》を踊つてゐた。それは實際 der Reigen と呼ぶにふさわしいものであつた。九月にはもう劇しい雨雲の往來、やがて山といふ山の木木に葉といふ葉が落ちつくして、裸の枝ばかり低い空一面に撒きちらされた山を、いそがしく落葉をたたいて時雨が通る、十一月も終る頃にはもはやとつぷりと雪に鎖されて、年かわり、山の曲路《かあぶ》に煤けた吹き溜りの雪がやうやく蒼空に消え失せるときはもう五月、明るい空を山一杯にほつと仰ぐともう夏の盛りが來てゐた。一年の大部分は陰慘な雲に塗りつぶされて、太陽の光を仰ぐといふことは一年にただ一回の季節であつた。瞬時《ときのま》にその夏も亦暮れる、そして生活も暮れてしまふ、蒼い空の在ることをさへ忘れつくして、濕つた藁屋根の下に村人たちが呟くであらう嗄れた溜息が、明るい夏空の裏側に透明な波動となつて見え透いてゐる。黄昏に似た慌ただしさで暮れてゆく一瞬《ひととき》の夏に追ひ縋つて、あの蟬の音に近い狂燥を村の人達は金比羅山に踊るのであつた。同じ氣候の染《しみ》を負ふて、鈴蘭の咲くころ、乙女達が手を執りながら青い草原に踊る北歐のライゲンは、凡太の古來最も共鳴を感ずる一情景で、凡太は彼自身の心細い生存を、このやうに甘美な狂燥と共に空へ撒きすてて死滅へまでの連鎖を辿りたいと、日頃念願して止まなかつた。彼が止みがたい放浪を感ずるのも、一つにはこの狂燥の染《しみ》が、あまりやるせないリズムを低く響かせるから。——凡太は金比羅大明神の前裁に、深く深く流れてゐる感概の香氣に噎びながら、それに溶けてゆく無我のよろこびを感じた。

　圓舞をとりまいてゐる觀衆の圓陣を、さらに二人は遠くから默々と一廻りした。このとき、しかし凡太の浸つてゐた靜かな雰圍氣は、さう長くは續かなかつた。——暗い群衆の中頃から一つの頭がゆらゆらと揺れて出て、由良の背中を追ふて來たが、「姐さん、一寸お願ひが……」そんな低い聲を耳にしたまま、凡太はしかし一人五六歩ばかりなほ前方へ歩きすぎて靜かに振り向いた。それは、角帶に頭を商人風に當つた、一見どこやらの番頭といふ風態の小男であつた。二人の男女は早口に何か二三受け答へしてゐたかと思ふちうに、由良は間もなくさつさと男から離れて凡太の方へ近寄つて來たが、その顏には氣の拔けきつて感情といふもののまるで無い白さを漂はして、ぢつと凡太と向き合はせた。

「さよなら……」

「さよなら。」

「――あいつ、さつきお話した女衒……」

「女衒？――」

その時由良はもう振り向いて――背中を彼等二人の方へ向けながら、一人ぶらぶら群衆から離れて空を見ながらぶらついてゐる女衒の方へ、歩き出してゐた。見てゐると、二人は何事かひそひそ相談してゐたが、やがて女衒はまだその方をぼんやり見つめてゐる凡太の姿に氣づいて、遠くから會釋した。凡太はひどく狼狽してそそくさ會釋を返したが、氣まづくなつたので、一人ぽくぽくと又一度かなり大きい圓陣を、時々立ち止つては中の踊りを覗き込みながら歩いた。それから、思ひ切つて金比羅山を振り棄てると、いま登つてきた坂道をすたすたと黑い黑い塊の中へ速足《はやあし》で下りはぢめたが、自然の加速度で猛烈な速力となり麓までは夢のうちに降りたまま、麓でも止まることが出來ずに次の坂道へ十歩ほど餘勢で駈けてぽつと止つた。凡太は其處から、何の氣もなく今駈け降りた山を振り仰いだが、もはや群衆の喚聲もさだかではなかつたし、燈火も無論洩れ落ちては來ない、ただひたひたと流れるやうな哀愁が、深い一種の氣分となつて彼の胎內を隈なく占領してゐた。凡太はそれにぢつと浸りながら、本街道に沿ふて平行に流れてゐる暗い嶮しい間道を傳ひ、ひつそりと音の落ちた山を二つ越えてから本街道へ現れてみると、もう黒谷村の家並を遠く通過して、熊笹ばかり繁茂した黒谷峠のただ中へ、間もなく迷ひ込むばかりの、そんな地點に當つてゐる憂鬱な杜だつた。凡太はいそがわしく廻れ右をして、今度は本街道傳ひに黒谷村へ戻りついたが、恰も長い長い歴史の中を通過してきたかのやうに感じながら、屋酒屋の灯を見出してそれを潜つた。居酒屋の女中も盆踊りにまよひ出て、ほの暗い土間の中には老婆が一人睡ぶたげな屈託顔をしてゐたが、凡太は二階へ通らずに、一脚の卓によつて酒を求めた。

「もう若い者はいつこうに踊りに夢中でして――」と、老婆は黒谷村に不似合な世馴れた笑ひを浮べながら、この村では出稼ぎの女工達も踊りたいばかりに盆を待ちかねて歸省するが、なぞと語つた。凡太はむやみに同感して深くうなづいてみせた。此處へ來て酒を掬むに、あの甘美な哀愁はなほ身邊を立ち去ることなく低く四方に蹌踉し、むしろその香わしい震幅を深くするやうに感ぜられた。彼はこの旅に出て以來《このかた》といふもの、この夜ほど深い滿足と共に杯を把りあげたことは無かつたので、盛んに饒舌を吐きちらしながら盃を重ねてゐたが、遂ひには輕快な泥醉狀態に落ちて、老婆を相手に難解な術語などを弄しながら人生觀を論じ初めたりしたが、老婆は至極愛想が好くて、「さうですぜの、ほんとうに、その通りですぜの」と相槌を打つてゐた。やがて夜が一段と更けて、壁の中から何か古臭い沈默が湧いて出るやうな氣配を、幾度となく感じはぢめる時刻になつてゐた。――そのうちに、女中も踊りから歸つて、賑やかな足取りを金比羅山の山つづきのやうに土間の中へ躍り込ませて來たが、すると、直ぐそのうしろからのこのこと頸を突き入れた小男を見て、凡太は愕然とした。それは疑ひもなくあの女衒で。――女衒は上框に腰を下して片足を膝に組みながら、鋭く凡太に一瞥を呉れたが、すぐに目を背らしてそ知らぬ顔をつくり、二階へ上つた女中に向いて「もう上つてもよいのか」と、ひどく冷い横柄な言葉を投げた。それらの全ての物腰には、凡太にとつてとうていなづむことの出來ない冷酷な狡智を漂わしてゐたので、彼はむらむらと憎悪を感じて女衒の顔をうんと睨みつけたが、女衒は平然としてとんとんとんと二階へ上つてしまつた。「やいやい待て。そして戸外《おもて》へ出ろ。喧嘩をしてやるから――」と、凡太は憤然叫び出したい勃勃たる好戦意識を燃したが、やうやくそれを嚙み殺して、一とまづ考へ直した。しからば女中を張つて鞘當をしてやらうかと、無性に癪にさわり出してつまらぬ空想をめぐらしはぢめたが、勿論張りがひのある女ではないから、一晩中女衒と交代に女を抱くとしたならば、蓋し一代の耻辱であると痛感して、憤然居酒屋を立ち去ることに決心した。老婆と女中は驚いて、「旦那が先客でありますぞい、おとまりなさいまし」とすすめたが、決心止みがたいこと磐石の及ばざる面影を見出したので、「又だうぞ」と言ひながら奥から提灯を持ち出してきて無理に凡太に持たせた。家並の深く睡りついた街道にさて零れ落ちて一歩踏みしめてみるに、意外に泥醉が劇しくて殆んど前進にさへ困難を感じる程だつたので、手にした提灯のうるささに到つては救ひを絶叫してわつと泣き出したいばかりだつた。やり切れなくなつて振り向みいてみると、幸ひ老婆はまだ戸口に佇んでこちらを見てゐたから、凡太はほつとして提灯を道の中央へ置き棄てたまま、一目散に逃走を開始した。睡つた街道の路巾一杯を舞臺にして鏈々に縫ひ轉がりながら、時々立ち止つては一息入れて遂ひに黒谷村の西端れまで來かかると、死んだ四圍の中に、不思議とまだ大勢の人達が路の中央に群れてゐて、それは隣村から踊りに來た若者たちがトラックに滿載されて引き上げるところであつた。凡太は狂喜して駈け寄り、「僕も乘せて呉れたへ」と提議したが、鉢卷姿の若衆は「お主は醉つておいでだから、それはなりませんぜの」と押し止めておいて、臭いガソリンの香を落したまま闇にすつぽり消えてしまつた。凡太は暫く呆然として、消え失せた自動車よりも、突然目の前に轉落した闇と孤獨にあきれ果てたが、氣を取り直し、低く遠く落ちてゆく自動車の響きをも振り棄てて、金比羅大明神の參道をえいえいと登りはぢめた。嶮しい杉並木の坂も中頃で、凡太はつひに足を滑らしてけたたましく數間ばかり轉落したが、もう起き上る氣持には微塵もならなかつたので、しんしんとして細くかぼそく一條の絹糸程に縮んでゆく肉體を味はひながら、皮膚に傳ふ不思議に靜寂な地底の音に耳を傾けてゐると、山の上から人の近づく氣配がした。凡太は頸をもたげてそれを待ち構えてゐたが、それはしかし人間ではなく、叢の中を何か動く昆蟲の類ひであらう、やがて高く頭上に當つて、杉の葉の鈍く搖れる澱んだ風音がした。彼はもつくり起き上つた、そして遂ひに辛酸を重ねて金比羅大明神の境内へ辿りつくと、果せるかな、それも已にひつそりとした闇の一部に還元してゐて見えるものも聽えるものも無かつたが、流石に地肌に劇しい荒れが感ぜられて、ことに圓舞の足跡が鮮やかな輪型に描き殘されたまましきりに其處にはたはた搖らめいてゐるやうな、何かなつかしい匂ひが鼻にまつわつた。凡太は暫らく瞑目して、素朴な社殿にいくつかの拍手を打ちならしたが、忽然と身を躍らすと目には見えない輪型の中へ跳び込んで、出鱈目千萬な踊りを手を振り足を跳ね、泳ぐが如くに活躍して、幾度か身體を地肌へ叩きつけた。凡太はううんううんと痛快な苦悶の聲を闇に高く張りあげながら、その場一面に一時間近くのたうち廻つてゐたが、やうやくいささか我に歸つて、再び險阻な坂道を轉落しながら橄欖寺の離れへ安着することが出來た。歸着してみると、當然暗闇であるべき筈の離れには一面にありありと燈りの白さが映えてゐて、流石に凡太の泥醉した神經にもこれはおかしいと思はれたが、しかし見廻すにただ白々と其處に廣さがあるばかり、人影はたしかに無い、いや、在つた、机の上に豪然と安坐して、一房のバナナが部屋一杯の薫條とした明るさを睥睨してゐた。言ふまでもなく由良の仕業に相違あるまい、凡太は堅く腕を組んで、暫くぢつとバナナの不敵な面魂を睨んでゐたが、腕をほぐすとゐざり寄つて、またたくうちに一つ殘さず平らげてしまつた。

翌日龍然は車に送られて歸つて來た。日の落ちるまで顏を合はす機會は無かつたが、一風呂浴びて夕膳の卓に向き合ふと、ポツポツ語り出した龍然の話は、山奥に目新しいトピツクであつた。龍然の招かれた先の豪家では、彼のかなり親密な友達であつた其處の次男は、急死とは言ひ乍ら、病死ではなくて、實は催眠藥による自殺であつた。縣内でも屈指の豪農であつたから、新聞社などはいち早く口止がきいてゐて、龍然に與へられた多額な布施の如きにも、それに對する心持が含まれてゐた。その男は多少は學問もした人で、數年間歐羅巴へ遊學して來たりなぞした經歷を持つてゐたが、日頃無爲の境遇に倦怠して激しい虛無感を懷いてゐた。「自分のやうな無爲の存在は結局一匹の守宮《やもり》ほどもこの世界とは關係を持たないらしい、廣々とした建物の中にぢつと坐つてゐると、其處に人間が居るのだか居ないのだか、まるきしその氣配さへ分らないし、たとへ其處に居るとは分つても、人々はこの建物に當然の染《しみ》ほどにしか考へない、守宮《やもり》を發見した時のやうな賑やかな騷しさでは誰も自分の存在を問題にすることがない。やがて自分は死ぬであらうが、自分の死滅したのちもこの古い嚴めしい建物はなほ嚴然と存在してゐて、人々は尙その中に住み乍ら、むかしこの建物の中に自分といふ存在が染《しみ》のやうに生きてゐたこと、今は已に消滅して見當らぬことなどを考へる者もなく、第一その話を思ひ出してさへ、かつて自分が存在したゞらう確證を認識するにさへ困難して苦笑するであらう。いはば自分は死の中に生き續けてゐるやうなもので、結局生命にひけめを感じながら、生きてゐる限りは存在に敗北しつづけてゐるやうなものだ……」と、その男は結局これと同じ內容のことを種々な樣式によつて常日頃龍然に述懷してゐたが、時々は興奮して、ひと思ひに左翼へ走つて自分の生命力を爆碎したいなぞと猛り立つたりした、そんな淋しい男だつたさうである。その男は、ほかに親しい友達が無かつたのであらう、死に當つて龍然にも遺書を殘してゐた。そこには、長い間の友誼を深謝す、と、ただそれだけの意味のことが數行にわたつて簡單に述べられてあるだけのことであつたが、その遺書は龍然の手に渡る以前に、すでに家族の手によつて開封されてゐた。勿論それだけのことならば、龍然のことであるから立腹する筈はなかつたであらう、不幸にして、この一家が死者に對する待遇は、恰も唾棄すべき不孝者を遇するが如き不潔な冷酷さを漂はしてゐたために、無論それは體面を重んずる豪家として詮方ない次第でもあらうけれど、龍然は友人であるだけ甚だ氣に入らなかつた。彼は開封された遺書に對して一向に禮儀を心得ぬ卑劣な言譯をきくと、全く憤慨して、通夜の席上で大いに啖呵を切つてきたさうであつた。

「――實際大きな建物といふ奴は不思議な迫力を持つものでね。僕なんぞもこのガランとした寺にぢつと坐つてゐると、その男と同じやうな漠然とした不安を、やはりしみじみ思ひ當ることが時々あるやうだね。單に建物だとかその暗い壁だとか、そんな物に變にがつちりした存在を感じて敗北を嚙みしめるばかりではない、自分が現に存在し、又寺の一隅に坐つてゐることに對して無意味を痛感し、痛感するばかりでなく、そのことがすでに又無意味に思はれる程何かがつかりした倦怠を感じ、それと一緒に自分の存在がいつぺんに信じられなくなつてくる。それが、自分の心の中でさう思ひ當るばかりでない、自分よりももつと强烈な生命力を持つこの建物の意志の中に、妙にみぢめに比較されてさういふ倦怠の氣配を感得するから、實に實にやり切れない心細さに襲はれてしまふ……」

「それはさうだらうね。君の場合には棲む場所が直接この强烈な建築だから、だからつまり建築を對象にしてさう感じてしまふのだらうけど、僕の生活には建築なんぞ大した關係を持たないから、何か漠然とした一つの全體を對象として……」

凡太は同感してそんなことを言ひかけたが、議論の對象そのものが茫漠として所詮は一生の十字架であり、口に乘せて弄ぶのも無役であると思はれたので、さつさと口を噤んで沈默してしまつた。それに凡太は、由來自分の虛無思想に對しては甚だ謙虛な心を懷いてゐて、自分はとうてい虛無に殉ずる底の深遠な實際を味得しうる人物ではない、自分は淺薄な男で、本來樂天主義者でもなければ虛無主義者でもなく、常に何事も突き詰めることを避けるところのいはば一種の氣分的人生ファンで、取柄といへばその自分の人生に對して甚だ冷淡そのものであること、それくらいなものであらうとあきらめをつけてゐたから、人生を理論で爭ふ意志は毛頭持たなかつたばかりでなく、他人の深い虛無感に對しては、常にこれを深刻なる先輩として、實際まぢめな意味で若干の敬意を拂ふことにしてゐた。彼はただ、彼自身の立場としては全てを漠然と感じればそれでよい、それを單に言葉に表はして憂鬱なる一時《ひととき》をさらに憂鬱にすることは退屈以外の何物でもあり得ない――實際それは退屈以外の何物でもなかつたから、その時も彼はいそいで口を噤むと、もはや別の事をぼんやり考へはぢめて、一體全體そもそもこの龍然と呼ぶどんよりとした坊主が、通夜の席上で痰呵を切つたといふ耳よりなゴシツプは果して眞實であるのか、と、そんなことにひどく興味を持ち出してゐた。

「いつたい、君が大いに痰呵を切つたといふのは、ほんとうの話かね？」

「それはほんとうの話さ。一座の連中をすつかり慄へ上らして來たよ。尤も腹の中では、僕は大いにいたづらな氣持だつたがね……」

と、龍然は例の至極あたりまへな顔付に、それでも少し苦笑を浮べて、あああああ……と奇聲をたてながら實にだらしなく欠伸をした。

ところがその翌日、意外千萬な出來事が起つた。事件そのものが甚だ意外であつたばかりでなく、事件の原因をなしたところのものが實に奇想天外——いや、これも亦凡太の意識内に於ける不屈な好奇心の説明であるが、とにかく奇拔千萬であつたために、凡太はひどく奇異を感じた。卽ち、龍念は通夜の席上で、實際憤然として悲憤慷慨の演說を試みたばかりではない、しかも屢々過激な言辭を弄して資本主義ならびにブルヂョアを攻擊したといふのである。勿論それは、相手が縣內でも有數な勢力家であるために、針小棒大に誣告して司直の手を煩はしたことかも知れない。しかしとにかく、嚴めしい佩劍の音が翌日山門を潜つたのは事實で、それは村の駐在巡査が一人の高等係を案內して寺を訪れたのであつた。高等係はしかし案外物の分つた男とみえて、田舍なまりの割合に溫和な口調で、無論相手が相手のことで物の分らない富豪のことだから、何かの反感で無理に口實をつけたのであらうけれども、その方面には弱い警官のことであるから餘儀なく義務上一應お訪ねしただけの話で、決して貴僧に疑ひをかけてゐるわけではないが……などと、くどくど長く述べ立ててゐた。凡太は隣室の唐紙に凭れて息を凝しながら形勢を展望してゐたが、刑事の言葉には裏にも毒がないやうに思はれたので、ほつと安心はしたものの實のところは氣拔けがして、蚊の羽音のやうな話聲をもはやそれ以上注意して聽こうともしなかつた。すると突然大變な物音が隣室に湧き起つたので思はず彼は唐紙から身を離すと、それは丁度發狂した男がその最初の發作に發するであらうやうな激越を極めた金切聲で、疑ひもなくそれは龍然の叫喚であつたが、龍然は單に叫喚するばかりではない、恐らくは部屋一面を舞臺にして縱橫無盡に地團太踏んでゐるものらしい猛烈な物音であつた。聽いてゐると、しかしそれは單なる叫喚ではない、たしかに龍然としては何事か一意專心演說を試みてゐるものに相違ない、それが今迄演說とは氣付かなかつたのはあながち金切聲のせいばかりではなく、正氣できいたら噴き出さずにはゐられぬやうな支離滅烈を極めた句と句の羅列であつたからで、「大日本帝國は萬世一系の……」と言つてゐるかと思ふと、「ああ拙僧の名譽も地に落ちたり、忠君愛國のほまれも空し、ああ悲しい哉……」「印度に釋迦瞿曇生誕してここに二千有餘年——」等々。

凡太は一體龍然の學識には相當の敬意を拂つてゐたのだつた。それは彼が初めてこの寺へ第一歩を踏み入れた夜のこと、龍然はその書院にかなり堆く積まれた書籍を隱すやうにしながら、「賣り拂ふ古本屋も山の中には無いので……」と恥ぢた顏付をした。凡太の經驗に由れば、書籍を所有することに心から恥を持つ人は、おほむね勝れた學識を持つ人達であつたから、龍然の學識に對しても、忽ちこの時から敬意を拂ふことにして、別にそれ以來議論を交したこともないから、そのままその時の敬意を拂ひつづけてゐたのだつた。ところが隣座敷の狂態たるや支離滅烈も何もあつたものではない、土臺論理も論旨もあるわけでなく言葉の體裁をさへ調へてはおらぬのだから、或ひは發狂したのでもあらうかと思へば、恐らくさうでもないのであらう、刑事もつくづく度膽を拔かれてやうやくに龍然を宥めすかし、飛んだ疑ひをかけて相濟まない、今となつては靑天白日で貴僧の名譽に傷はつけないから——と詫びながら舞ふやうにして退却した。凡太もほつと安堵して玄關へ龍然を迎へに行くと、龍然はもう、どこを風が吹くのかといふやうに、いつもの通りあつけらかんと殘骸のやうなしよんぼりした顏をして戾つて來るところだつた。凡太が步み寄つて龍然の肩をたたくと、別にそれに報ひやうとする顏付もせず、二人肩を並べて默々と書院へ步き出したが、敷居を跨ぐ時、龍然は鼻を鴨居へ押しつけるばかりにして、あはあはあは……と笑ひ出した。凡太はすつかり毒氣を拔かれて、今のは芝居だつたのかい、と訊いてみるのも莫迦らしい程がつかりした氣落ちがしたので、いささが膽の白くなる驚嘆を味はひながら、一體この坊主は莫迦なのか悧巧なのか手に負へない怪物だと考へた。

其の後、もう來ないのかと思つてゐた女は、相變らず每夜龍然を訪れて來た。どういふ變化があるだらうと聽耳をたててゐても、別に變つたこともない、離れにぢつと瞑目して机に凭れて頰杖をついてゐると、すぐ目の先にある小さな古沼、それを越してすぐさま丘の上にある墓地、その又上にひつそりとしてゐる山の腹、都合三段の靜寂な氣配がそれぞれのニュアンスを持つて、もうすつかり闌けてしまつた初秋の香りを運んだ。なぜだか、身體がやはり一つの氣配となつて朦朧とさまよつてゐるやうな、爽やかではあるが一種ぢつとりと落ちついた重い侘びしさが、物體に障碍されることなく一面に流れ漂ふてゐた。いはば、まるで現實とは別種な感覺の世界を創造するもののやうに、目を瞑ると、甘い哀愁の世界がひろびろと窓を開いて通じてゐた。それは「無」——實際は、無といふにはあまりにも一色《ひといろ》の「心」に滿ちた、蕭條とした路であつた。それは事實、路といふ感じがした。

由良とも友達になつてゐるのだから、二人打ち連れて遊びにおしかけて來はしないかと、凡太はそれとなく待ち構えてゐたが、別に來るやうなこともない、龍然はあの夜のことを知らないのであらうかとある日訊ねてみたところが、ああ、さうさう、さういふ話をきいてゐた、君によろしく傳へてくれと言ふことだつた、いよいよ俺達も別れることに決つてね、なぞと落ついた返事だつた。

「あの女は別に女街と一緒に東京へ行かなくとも良いのだから、君さへ邪魔でなかつたら、君の歸る時あれも一緒に連れてつて貰ひたいと言つてゐたよ。東京に知り合があると思へば心強く暮せることだらうからね。ぜひ一緒に連れて歸つて今後も力になつて呉れたまへ。いづれ今晩でも改めておひき合せしやうから。まつたく僕もあの女と別れることになつてせいせいしたよ。」

龍然はそんなことを言ひながら、無心に鼻の油を拭いてゐたりした。そのくせ、やはり女と別れることが、別れ切れない心持もあるのであつた。丁度その頃のことであつたらう、凡太と龍然はある黄昏の杉並木を金比羅大明神の方へ散歩にぶらついてゐたが、嶮しく高い坂道の途中で、遇然上の方からただ一人下りてくる例の女衒に擦れ違つたのであつた。女衒は手に短い杉の小枝を携へてゐて、それを弄びながら急ぎ足ですたすた下りていつたのだが――その時凡太は、それは恐らくその時の結果から推してさう思ひ當るのかも知れないけれど、もし自分が龍然の身の上で、そして今自分一人でこんな山奥に女衒と擦れ違つたとしたならば、或ひは自分は女衒を殺害して谷底へ埋めてしまふかも知れない……と、そんな風な空想をたしかその時めぐらしたやうに思ひ出されるのであつた。しかし龍然はまるで何でもない顔付で、女衒の存在にさへ氣付かぬやうな物腰でやり過してしまつたから、凡太はほつとして、これは龍然は女衒の顔を知らぬのかしら等と考へながら上の杉並木を洩れる空模様を仰いで息を吸つた。するといきなり耳もとで、さつと風を切る激しい音がした。

「女衒はよくないぞ！」

龍然は坂の下をぢつと睨んで直立してゐたが、鋭く張つた四角な肩に激しく息を呑む氣勢が感ぜられた。凡太も坂下の方を見下すと、叫ぶよりも前に龍然の手から投げられてゐた下駄が、女衒には當らずに、一本の杉の幹に痛々とした跡を殘して、尙ころころと一二間ころげて止まるのが見えた。女衒は腰を浮かせて逃げかけたが、龍然の氣配に追求のないのを見てとると、卑屈にねちねちした度胸を見せて、知らぬ顔を粧ひながら麓の方へすたすた降りていつた。流石にその日龍然は、息の亂れを收めてもとの顔付にもどるまで十數歩の歩行を要したが、それも收まると、また超然とした殘骸に還元して、一方の足は跣にしたまま長い坂道を傾きながら歩いた。凡太は何とも言へぬ寂漠を感じて、君、足は痛まないのかと訊いてみるにも言葉はもはや不用なものに考へられ、胎内に充滿してくる空虚を味得した。

もう山は秋が深い。それは、晝の明るさが倘寂寥に堪えがたくて、ひたすら死滅へ急ぐもののやうにしか考へられぬ蟬の音の慌ただしさや、已にいそがわしく遠い空に走り初めた幾流れもの雲や、そしてぽつかりと空洞《うつろ》に落ちたこの明るさ――ひとまづこれで、ばつたりと杜絶する生活力の斷末魔《あごにい》が山といふ山に、路に、藁屋根に、目に泌みるリズムとなつて流れてゐる。女衒もすでに黒谷村を去つて、沈滯した村の軒からは、何か呟く呪ひの聲が洩れてくるもののやうに感ぜられた。そして龍然は、物置から埃まみれな草履を一つ探し出して、下駄とちんばにこれを突つかけながら、黒い法衣を秋風にさらし、流れはぢめた雲の慌ただしさに狂燥を感ずるものの如く、村の法用に山門をいそがしく往來してゐた。凡太はぢつと歸ることを考へた、いやむしろ、立ち去つた後の黒谷村の佗しさを、恰かもそれが永遠に自分の棲まねばならぬ運命の地であるかのやうに、呆然と思ひやる日が多かつた。

もう九月に這入つた一日、凡太はいよいよ出立した。その未明、まだ明け切らぬ黒谷村の、人氣ない白い街道を、龍然と二人肩を並べて一言も物を言はずに通過してしまつた。谷間からどす黒い靄が湧きあげて、近い山さへまるで視界には映らない、そして、蜩の音が遠い森から朝の澱みを震はして泌みる頃、丁度朝の目醒めを仰へたであらう黒谷村は、振り返つても、もはや下には見えなかつた。由良は朝の一番列車に間に合はせて、自動車で停車場へ來る筈になつてゐた。

「君、東京へ歸つたら、忘れずに手紙を呉れたまへ」

龍然はだしぬけにそんなことを言つて、まだ停車場へ七八里もあるのに、凡太に握手を求めた。「又來年もぜひ來てくれたまへ」と附け加へながら暫く手を離さなかつたりして。そして長い中絶の後に、もう一里も歩いてから、又さつきの話を思ひ出して、「もし來年も達者でゐたら……あははは――」と笑つたりした。さうかと思ふと、凡太の言葉にはまるで邪慳に耳もくれず、ただすたすたと歩いてゐた。

「どうだい。君にあの女を進呈しやうかね。」

龍然は又、いきなりそんなことも言ひ出した。

「尤もあんな女ではね。しかし、女郎や淫賣よりはたしかに清潔だから、そのつもりで玩具にする氣なら、いつでも自由に使用したまへ。どうせ女衒の手へ渡れば、あいつは何をやり出すのか知れたものではないのだから。」

そして凡太が困惑して、返事も出來ずにゐるうちに、彼は煙草に火をつけて、屈託もなくパクパクと煙を浮かせながら歩いてゐた。來る路に、龍然が殘骸をねせたあの曲路《かあぶ》でも、二人は休まずに通りすぎた。もう明るい太陽が、それでも尙朝の潤ひを帶びて、張りつめるやう山一杯にかんかんと照り、二人を汗にぐつしより濡らした。

停車場へ着いて暫くすると乘合自動車も後から來て、由良は大きな行李を抱えながら待合所へ崩れ込んだ。その時の疲勞で喉が塞がるもののやうに粧ほひながら、わざとはあはあと大息をして、實は空虛な白い氣持で喋る氣にもならぬのを、笑ひ顏で胡魔化してゐたが、笑ひ顏もひとりでに收まると、放心した顏を窓の外へぢつと見やつて、坐らうとさへしなかつた。三人は劇しく退屈して暗い顔を互に背《そむ》け合つてゐたが、誰が言ひだすともなくただ時々、夜の幾時に上野へ着く筈だね、もう東京も寝る頃であらうね、なぞといふ空虚な言葉を交し合つたりした。

汽車がついた。汽車に乗ると、由良はもう劇しく泣きはぢめてゐた。

「達者でありたまへ。」

龍然は二人のどちらに言ふともつかず、そんなことを一言二言言ひすて、短い停車時間、ぼんやり窓際に立つたまま明るい空を見つめてゐた。

汽車は動きはぢめた。さようなら。そして由良は泣きながら堅く窓にかぢりついて、激しく手巾をふつてゐたが、凡太も亦、彼はデツキのステツプに身を出して龍然に目禮を送りながら、目に光るものの溢れ出るのを、どうすることも出來なかつた。もはや列車はするすると、屋根もない短いプラツトフオムを走り出やうとしてゐた、人氣ないプラツトフオムにただ一人超然として、全ての感情から獨立した人のやうに開いた兩股をがつしり踏みしめて汽車を見送つてゐた龍然は、已に明るい太陽の下に一つ取り殘されて小さく凋んでゆくやうに見られたが、突然みにくく顔を歪めたやうに想像されると、小腰をかがめ、兩手の掌《ひら》にがつしりと顔を覆ひ、恐らくは劇しい叫喚をあげながら、倒れるやうに泣き伏した姿が見えた――

# こがらし

根本鐘治

聴診器を胸にあてて私はこがらしの音に耳をすます。私の胸にのこされた冬。こがらしは裸木の梢を吹きまくつて荒々しく過ぎる。凍てついた太陽はやがて吹き落され、鈍い赤色の塊となつて吐き出されるであろう。私は落葉を踏んで忍びよる跫音を怖れる。夜が近い。

# みみなり

暮れのこる砂丘に身を横たへて、頭蓋骨に這ひのぼる船虫をうるさく拂ひのける。私は虫の誕生をよろこばない。私の手は遂に疲れて海の助けを呼ぶが、物憂い海の返事は風に消されて聽きとれない。私はあせる。

# 盗汗

噴水の水は月を砕いて四散する。痩せおとろへて蒼ざめたニンフは大理石の上に身動きもしない。

# 不眠症

くらやみから落ちてくる木の葉をひとつひとつ掌にうけて、そのひからびた手ざわりに、空を掃く欅の枯木を訪づれる黎明の遠さを思ひ、いらだつ心をおさへるすべも知らず、無意識に手ばかり動かしてゐる。

（病床にて）

# 歸郷

若園清太郎

月が冴冴と木枯の樹間に輝いてゐた。彼は疲れてゐた。蹌踉く身體を辛うじて手折つた樫の枝で支へながら山道を歩きつゞけた。霜柱が破れた靴の底から針の様に足を刺した。山國の晩秋は寒かつた。寒さのために手足の先が痺れて持つてゐた杖を何回となく無氣力に落した。空腹が彼をかきむしつた。霜のために白くなつた道の上に月光が樹々の蔭をおとしてゐた。足許のはるか彼方に谷川のせゝらぎが聞えた。風もないのに松林の隈笹が搖れる。よろめき乍ら歩く足音を彼は奇異に感じた。道の彼方に山兎が臆病に餌を漁つてゐた。風が吹く度毎に落葉が彼の足許で戯れた。立ち留つて耳をすますと、微かな様々の音が耳朶に響いて來た。奥山でないてゐる鹿の聲は淋しい。犬の遠吠。鶏が調子外れに歌つてゐる。何かゞ破裂した様な音は密獵者の仕掛けた羂《わな》に備へた火藥の爆發する音だ。月が雲に隱れる。と、たちまちのうちに總ての影が幻の様に消えうせて了ふ。靜寂を破つて彼の足音だけが山の空氣にしみわたる。人の住んでゐない山番小屋がそこにあつた。丁度五年程前家を脱走して逃げる樣にしてこの道の向ふから步いて來て、こゝで足を留めて家の方を眺めたことがあつた。燃へ立つ樣な希望とひきづられる樣な名殘とをごつちやに感じながら。萱葺の山番小屋はその時とは少しも姿を變へてゐなかつた。飮んだくれの子供好きな山番がゐたつけ。村の惡童たちと一緒に刻みつけた落書が相變らずいびつになつた杉戸に殘つてゐた。同じ切株。同じ凹地。同じ岩。一つとして變化してゐなかつた。そこに果して五年の月日が流れてゐたのであらうか！　夢ではなかつたらうか？　彼はそれを信ずることが出來なかつた。彼は寢惚けた人がする樣に身體を抓つた。身體を見廻した。ああ！　それはあまりにも變り果てた姿ではなかつたか！　彼の足は思はず鈍つた。梢の枯葉を微かに搖り動かす無氣力な風が猪をおどかすために吹き鳴らす法螺貝の音を運んで來た。今時分、こんな夜更に、一たい誰が吹きならしてゐるのであらうか？　生活にやつれた母ではなからうか？　佗しいその音色。彼は瞼の內側に熱い泪を感じた。老ひたる母よ、やさしい伯母よ！　樣々な思ひ出が甦つて來た。

・　・　・　・　・　・

（一）

梅林の丘、雜木林、小ぽけな小學校、古風な村役場。胡麻鹽の髭を生した郵便屋、二宮尊德の樣な村の書記、いつも洟をたらした小作人の子供達、鯰と山女が澤山ゐる小川、沼のほとりの椎林にある兜蟲の巢窟、鷄と猫と犬とが一緒に仲よく寢る堆屋、苔の生えた水車小屋……そこに彼の少年時代が生長してゐた。母は未だ若かつた。

父はすでに死んでゐた。無口で人の好い伯母。婚期を逸した母の妹。病弱な弟。家はその外觀の立派さにもかゝわらず貧亡だつた。田や畑が山の上にあつた。そこで豆人形の樣な小さな姿の家の人々が働いてゐた。少年は腕白だつた。母の苦勞や、家の人々の苦勞を少しも知らなかつた。小學校から歸るとすぐに鞄を煤けた天井の家の中に投出して終日、村の惡童達と一緒に遊んだ。みんなは智慧がなかつた。が馬鹿力があつた。彼に時々澤山の玩具が入つた小包がとどいた。何處から？　誰からだらう？　母は少年にうるさくきかれる度毎にそれを「神樣」の所以《せい》にした。少年は不思議に思つた。彼は外のみんなとくらべてずつと力弱かつた。が、「神樣」から貰ふぜんまい仕掛の電車やハーモニカや拳銃などのために彼は何時も「大將」になることが出來た。少年はすこやかに育つた。母はそれに靜かな人生の慰安を見出してゐた。柿の木から少年がおちた時の母の驚愕。母は話が上手だつた。夜、いろりの傍で、ほの明るい洋燈の下で、母は時々西洋のお伽噺を少年に話してきかせた。その度毎に少年は勇敢な王子になつてみたいと思つたり、ある時は魔法使ひから魔法を敎はりたいものだ！　と考へたりした。ひるまの遊びの疲れで、話の中途で母の膝に凭たれてね入つて了ふことが度々あつた。

（二）

少年は十七才だつた。母の髮に白毛がめつきり增えてゐた。病弱だつた伯母は少年が十五才だつた年に肋膜炎を患らつて死んだ。家は相變らず貧しかつた。それにも拘らず母は彼を中學校に入れてゐた。（この子が早く大學生になつて呉れたら……》母は伯母との話によくそんな事を云つた。それを彼は不思議に思ひつゞけた。少年はこの田舍から數里離れたK町の中學校へ毎日汽車で通學した。汽車の窓から眺める山國の風景は美しかつた。筏の流れてゐる急流があつた。鐵橋があつた。いくつもの隧道があつた。汽車が隧道に入る度毎に、彼は、その暗闇を利用して女學生の手を握つたり、戀文を袂に入れたりする同じ中學校の上級生達のことを考へた。學校で上級生達は野蠻だつた。帽子の白線のつけ方が生意氣だと云つては下級生達を榎の樹の下で袋たゝきにした。彼は小學校の時の樣に腕白ではなかつた。彼の成績はよかつた。クラスの誰かゞ彼に「蒲鉾」と綽名をつけた。「蒲鉾」の樣にいつも板（机）にへばりついてゐるからだつた。彼の出來るのを嫉む奴がゐた。トルストイを讃美してゐるSと云ふ國語の敎師を彼は尊敬してゐた。そのS敎師は彼に澤山の文學書を貸して呉れた。熱情的な男だつた。ある學期のはじめ、夫のある小學校女敎員と戀におち心中して了つた。

その頃、彼は一つの疑惑を發見してゐた。それは母だつた。母の身邊に纒りついてゐる暗い影。その暗い影のなかに潛むわけのわからない幻。その幻のために母は絕えず苦しめられてゐた。深刻さを增した母の窶れ。母のこれまでのもの靜かな態度が一變して、わづかなことにでも怒りつぽくなつてゐた。そして屢々溜息をついたり獨りさめざめと泣いてゐたりした。時々、夜更ふらふらつと起き上り足音を忍ばせ乍ら家を拔け出て穀物小屋の榴柘の木の下で月光をあびてゐたり、蒲團の上に目をみひらいたまゝ朝方まで座りこんでゐたりする母を見ることが屢々であつた。彼が心配して尋ねると母は《なんでもないいんだよ……》と素つ氣なく云ふだけだつた。洋燈の仄かな光に浮き出た母の顏をみて、彼は母の身體が空氣で出來てゐるのではなからうか？　と疑ふ程だつた。

母はたしかに祕密を持つてゐた。その母の祕密を穿鑿してゆくうちに彼は一つの原因をさがしあてた。それは一通の手紙だつた。女文字の一通の手紙。その手紙が母の生活を狂はして了つたのだ！　彼は母が、その手紙を時々人目をさける樣にして佛壇の下からとり出す古ぼけた文庫の中に入れたのを見知つてゐた。それを開ければ總ての眞相があらはれて來るのだと信じた。

あの夜。母と伯母達が隣家の通夜に行つてゐた留守中に、彼は、その文庫をあけるためにその鍵を母が藏ひこむ簞笥の中をかきさがした。樟腦の香が彼の鼻をつゝいた。絶えず人が後にゐる樣な氣配におそれて屢々後をふりむき乍ら、着物の袂から、下に敷かれた新聞紙の下まで隅なく搜した。鍵はなかなか見當らなかつた。彼は苛々した。と、搜査の最後の、簞笥の一番下の抽出しの中に彼は不思議な縮緬の袱紗の包みを見つけた。熱衝動にかられた樣にそれをあける。彼が未だ生れてゐない頃の日附のついた母の女學校卒業證書、生花の奥傳書。琴の修了書。古風な髮、服裝をした二人の婦人の竝んで寫した寫眞――そのうちの一人が母であつたことが彼にはすぐに判斷できた。もう一枚のは四十才位の年配の一人の男の寫眞だつた（誰なのかしら？）彼は注意深くそれを凝視した。頰骨の出た眉の濃い瘦せこけた男。彼に朧ろな記憶が殘つてゐた。彼は探した、水蒸氣の樣な思ひ出の底から湧いて來る斷片的な白い影像を。恐ろしい犬の喧嘩。くらがりに輝く猫の目。子守唄。蒼白い月光に影のさす塀。幻の樣な土藏の白壁。泣きくづれる母。（わしは我慢が出來ん！）と云ふ荒々しい聲……と、霧につゝまれた幼年時代のかすかな思ひ出のなかから一つの場面が次第次第に彼に近づいて來た。その男こそ、父となづくものであつたのだ。

（三）

父。母。母の伯母。三人は默つてゐた。子供は何時もにも似合はず自分を可愛がつて吳れる伯母の膝に座りながら、叔母か吳れたぜんまい仕掛の人形をいぢくつてゐた。母は始終うつむいてゐた。喰が赤く腫れてゐた。父は卷煙草をせかせかとすつた。伯母は身體をハンモックの樣に搖り動かし乍ら時々子供の顏を覗く樣に見た。子供は何かしら不安だつた。兩親のかうした不思議な態度はこれまで一度だつて見たことがなかつた。（どうしてこんな料理屋へなんか來て、何もせずに話ばかりしてゐるのであらうか？　そして母は何故泣くのであらうか？）いくら考へても子供にはわらなかつた。父は相變らず卷煙草をふかしてゐた。そしてせわしく濞をすゝつた。子供は何かしらもの悲しかつた。母の泪にさそわれて今にも泣けさうになるのを父のむづかしい顏がそれを邪魔した。子供はいつか母につれられて見にいつたある芝居の場面を憶ひ出した……その芝居は彼にはちつとも面白くなかつた。觀客席のあちらからもこちらからも啜り泣の聲がきこえて來た。不思議に思つて彼はそれを母に尋ねて見樣と思つた。が、ふとみると母も啜り泣いてゐた。その母の啜り泣はそれを母にきく勇氣を失はせた。そしていつのまにか彼も悲しくなつてゐた。彼は母が買つて吳れたキヤラメルの函を無氣力におとしてゐた……。子供は今はじめて朧ろ氣ながら、何かしら不幸が母に襲ひかゝつてゐることを識つた。

――ねえ、茂吉さん！　御願ひだから、もう一度よく考へなほして下さいよ。こんな子供まであるのですもの……

伯母は淋しさうな顔をしながら顫へた聲で云つた。

――…………

――…………

父も母もそれに答へなかつた。子供は伯母がどうやら自分のことを云つてゐる様な氣がしたので子供らしい好奇心に捕はれて聞耳をたてる。

――そりあ、あんた達二人がお互ひに嫌ひになつて、どうしても別れたいつて云ふんなら仕方がないけれど……

伯母の聲は前よりもか細かつた。云ひ了つてから伯母は袂から手巾をとり出して泪を拭いた。そして子供の頭をなでた。父は一層むづかしい顔をした。手持ぶさたに、しきりに妻揚子を少さく折つた。母は移然として俯向いた儘啜り泣いてゐた。

――茂吉さん！　こんどのところは何卒私にめんじて、何卒考へなほして下さいよ。

伯母は父に心を籠めた言葉で云つた。子供は顔に五月蠅く垂れ下る伯母の髪を拂ひのけた。

――うたゑさん！　あんたもそんなに泣いてばかりゐずに、おあやまり！

と、母は急に泣くのをせきとめ、俄に居住をあらため乍らきつとなつて云つた。

――伯母さん、私、嫌です！

――どうして？

――私は今日まで辛い苦しい思ひを散々して來ました。が、私はもうこれ以上辛抱が出來ません。私、こんな生活を續ける位なら、いつそ死んで了つた方がましです！

――だから、あんたはいけないんですよ、なにかと云ふとぢきに死んだ方がましだなんて。少しは苦しい立場にゐる私の身にもなつて下さい。あんた達を別れさす位なら、私は決してこんなつらい思ひをしてまで仲になんか立ちません。それと云ふのもみんなこの子が……この子が可愛さうだと思へばこそ……

伯母はそれ以上云はなかつた。咽喉にこみあげて來る涙のために喋舌ることが出來なかつたのだ。子供は犇々とせまつて來る悲しさのために今にも泣き出しさうになつた。父はまたせわしく洟をすゝつた。

――おばさん、あんたの氣持はよくわしにわかります。けれども、わしはもう我慢が出來んのです。

父の聲は重々しく低かつたが微かに顫へてゐた。

――もう我慢が出來ないんですつて！　それは一體誰の云ふことです！　散々人を苦しめておき乍ら。私はこの子のために今までじつとそれを堪へしのんで來たのです。あなたは……

――およしつたら！

――いゝえ、伯母さん、何卒云はして下さい！　私は欺されてゐたのです。あなたは詐欺師です！　あなたは……

――これ、うたゑさんつたら！

――いえ、私はみんな云ひます！

――あゝあ、いくらでもわしの棚卸をするがいいさ。

——ええ、いひますとも！　あなたは私を欺したのです。家には財産があるの、土地があるの……いゝえ、伯母さん！　どうぞ私にみんな喋舌せて下さい！……不動産があるのつて云ひながら……私は決してそんなものを目あてにして嫁つたのではありません。貧亡なら貧亡で結構です。だけれど嘘をつかれたことがくやしいのです。伯母さん！　今だから云ひますが、私が嫁入りの時に持つて來た着物から道具から寶石まですつかりこの人のためになくして了つたのです。それでも私はみんなこの家のためだと思へばこそ、誰にも云はずに辛抱して來たのです。それだのに……

母の言葉は段々熱して來た。

——嘘をつけ！　おまえとこの家のからくりをしりもせずに！

父は吐き出す樣に叫んだ。

——からくりですつて！

——さうだよ！　お前は何にも知らないんだ。お前のうちのことを……いや、おばさん！……お前はなにかと云ふとすぐに、わしがお前の持物の全部をなくして了つた樣に云ふが、一たい、それはどうした原因だか知つてるのかい！　お前は。お前の兄が縣會議員の選擧に澤山金を使つた爲、うんと借金が出來てそのためにお前の家が方々から差押へされ樣としたのがどうしてたすかつたんだ!?　お前は何もしらないが、わしの金庫の底にお前の兄の約束手形が何枚あるかわからないんだぞ。欺された！　なんて何もしらないで女の癖に大きなことは云はないことだ、！

——亡くなつた人のことを云はないで下さい。この世にゐない人のことはどんなことだつて云へますからね。

母の言葉には毒があつた。伯母は途方にくれてゐた。子供は母の威勢に感心した。

――まあ、いゝさ、自分の家を立派なものだと考へておれば……

その頃から子供は激しい睡魔に襲はれた。絶えず續けられる兩親の會話が次第次第にうすくなつて行く様な氣がした。そして、再びハンモツクにゐる時の様な心よい動揺をかすかに意識しながら睡りの國へと進んで行つた。王様が《馬鹿！ 薬なんか嚥んで！》と誰かを叱りつけてゐた。

（四）

尙もその包みのなかを調べてゆくうちに、父から母に宛てた手紙、母の伯母から母にあてた手紙、母の兄から母に宛てた手紙、薄澁色に變化した一枚の新聞紙の切拔などを讀んで行くうちに二つの家に絡まつた様々の出來事が彼の前に繪卷物の様に展開した。

母は家の犧牲になつたのだつた。母の祖父が水飮百姓から築きあげた「豪農」の名稱を母の父はなむなみと維持し續けたが、母の兄の代になると兄の投機癖、政治的野心、田舍きらひなどのために家には次第に暗い影が翳し始めた。「豪農」は「豪農らしく」として世間體をつくろはなければならなかつたことや兄の放埒が家の經濟をますます不如意にした。兄が母を父と結婚させたのは一つの「政略」であつたと謂へる。父は努力の人だつた。成功傳の主人公をそのまゝに寫しとつた様な父。その父が母と結婚した當時、父の事業は得意の絶頂にあつた。

父の事業は危險を感ずる程延びてゐた。が、兩親の結婚後一年程して襲つた綿絲の大暴落は父の築き上げた事業の大半を破壞して了つた。長男が生れたのはこの頃だつた。父が茶屋酒の味を覺えたのもこの頃だつた。家庭の不和は父の事業の不振と同じ樣につのるばかりだつた。數年が經過した。父はわづかに殘つてゐた信用を利用して再興の時機を待つた。丁度その頃である、父が母と離婚したのは。それからの父は無理に無理を重ねるばかりだつた。父はあせつた。一氣に挽囘しやうとして借財に借財を重ねて投資した株は父の計算をすつかり裏切つて了つた。その爲に父は再び立つことが出來なかつた。それのみか取込詐欺の嫌疑で警察から取調べられなければならなかつた。保釋を得て家に歸つたある夜、父は納屋のなかで縊死した。

父の死を物語つてゐるこの新聞記事の切拔を讀んだ時、彼は血が逆流するのを感じた。父！　父！　父！　母を苦しめた理由でこの父を憎むべきか!?　それは彼にとつてあまりに殘酷な質問である。彼はたゞ、一度でも生きてゐる父に會ひたかつた。涙がとめどもなく流れ出た。冷靜をとりもどした時、何故母が彼に父のことについて嘘をついてゐたのかを不思議に思つた。そして母が祕密に多額の銀行預金を持つてゐた事も一つの疑問だつた。

この家の劇の眞相の發見は少年の感情に一つの龜裂を生じさせた。少年は母の愛情のうちに戲畫を發見する。母の行動のうちに喜劇的要素をみつける。最早、彼は以前の樣に母を尊敬しなくなる。偶像はその圓光を失つて了つたのだ。が、少年は遺傳の法則を識らない。そして、母に對する彼の愛情が著しく父のそれに類似して來たことや彼自身、父の模倣であつたことやを氣づかなかつた。然し少年の持つてゐる童心はこの感情の龜裂を縫ひ繕つて了ふ。

（五）

村の祭禮。

少年は十八歳だつた。

彼は戀をした。その相手と云ふのは、その祭禮めあてにこの村で興行を續けてゐた田舍廻りの劇團の女優だつた。學校からの歸途、汽車の中で彼等は相識つたのだつた。彼女は遊び心からであつたが少年は眞面目だつた。彼は、夜、誰にもきづかれない樣にこつそり家を脱け出して月光の小逕を逢引の場所へかけつけた。彼女は約束した時間までには滅多に來なかつた。彼は苛々して月を隱す雲の速い足と腕卷時計の秒針とを見比べた。夜の沼は美しかつた。微風に顫える小波、浮草の葉に宿つた露が月光に輝いて眞珠を思はせた。彼女はきつと何かの歌の斷片を口笛でふき乍らやつて來た。彼はおどおどした。彼女はやさしかつた。（あたしと一緒に東京へ行かない!?）彼女はよくそんなことを云つた。彼は決して母のことを話さなかつた。

祭禮が十日も續いてゐたのにその劇團はわづか五日より興行しなかつた。一座は村に一軒しかない旅人宿に逗留してゐた。村役場の裏の空地に建てられた天幕張りの芝居小屋の木戸口には板囲が設けられてゐた。流行らなかつたのだ。座長だけが金を工面するために町へ出掛けた。一座は一日中、汚穢しい宿屋の二階にごろごろして、時々、前を通る村の若い女達を調弄《からか》つた。女優と少年との逢引は毎夜沼の邊で續けられてゐた。彼女は溜息をつき乍ら、（あゝ、お金が欲しい！）とよく獨言を云つた。少年は決心した。彼にとつて中學校は一片の紙屑でしかなかつた。明るい未來が彼のゆく手に翼を擴げて待ち受けてゐる樣な氣がした。母のことを考へるとさすがに暗い氣持になつた。が熱のこもつた女の眸はすぐにそれを搔き消して了ふ。ある夜、彼は母が簞笥の中に隱し持つてゐた二百圓を盗み出した。

が、少年は旅役者の樂屋を知るにはあまりに無邪氣だつた。激しい愛の感情のために小さな理性は盲目になつてゐたのだ。女は放埒な旅役者の生活のために心性を失つてゐた。旅役者達は彼を停車場に取殘したまゝ逃亡して了つたのだつた。母は彼の青春の過失を咎めなかつた。（これからもあることだから……女には氣をつけるんだよ。）とやさしく云つただけだつた。彼は母の膝にすがりついて泣くばかりだつた。

が、この青春の過失はすぐに村中の評判にのぼつた。そして何時の間にか學校にまで知れてゐた。敎師達が知らなかつたのは未だしもの幸だつた。が、同輩達は彼に對して以前の樣な尊敬の態度で振舞はなかつた。「勉強家」の尊稱はまゝたくの間に剝奪されてゐた。そして彼は何時の間にか「不良」の仲間に入つてゐた。然し、敎師達と母の前にゐる時だけは神妙に振舞ふことを忘れなかつた。

漢文のクラスは「不良」達にとつて最も愉快な時間だつた。漢文のM敎諭は極度の近視眼だつた。老人でよぼよぼしてゐた。「不良」達のある奴等は本を机の上に立てゝ辨當を食つたり、落書をしたり、こつそり煙草をふかしたりした。最もひどいのは、授業中にクラスをエスケープして學校の裏のミルクホール屋の娘に會ひに行く奴があつた。惡戯者はパチンコで老教師の鼻を狙擊して老教師を驚かせた。彼等の振舞は大膽になつてゆくばかりだつた。が、ある日、遂々學校に一大事件が突發した。漢文の時間に、クラスで誰かがいかがはしい畫を廻したのだつた。しかもそれに彼等が最も怖がつてゐる嚴格な物理の教師の惡口が散々に落書された。そして、「不良」のうちの誰かゞ授業が終つてからそのいかがはしい畫を雨天體操場の柱に張りつけたのだつた。暴動の様な騷ぎ、混亂。おしよせた群集のために雨天體操場の扉は破壞された。窓硝子の破片で傷つく生徒達がゐた。「不良達」はあまりの成功に凱歌をあげた。が、それは暫くにして恐怖に終つた。生徒監の「鬼瓦」がそれを押收したのだつた。

次の英語の時間、最初に生徒監室に叫ばれたのは「南京南瓜」だつた。その次に「豚」が呼ばれた。それから續々と……

生徒監達の怒りは非常なものだつた。溫好な校長でさへむづかしい顏をしてゐた。彼等の擔任の老教師Kは校長の傍に手を力なく垂れた儘悄然としてゐた。

——誰があんなものを學校に持つて來たのだ！「鬼瓦」の聲は生徒監室の硝子を顫はせた程だつた。誰も答えなかつた。みんなはお互に意氣地なく自分を逃れ樣とした。

——わしは斷然たる處分をとる！　校長は腕をふるはせて叫んだ。みんなは生きた心持がなかつた。

——貴樣だらう！　あれを貼つたのは！……

「鬼瓦」は校長の激怒を二倍にして「青瓢箪」を怒鳴りつけた。「青瓢箪」は、顔を一層蒼くしながら顫へあがつた。K老教師は彼に近よつて⦅君までが一緒になつてこんなことを仕様とは思はなかつた。⦆と顫える聲で云つた。老教師の瞼はうるんでゐた。彼は頭を垂れてゐるばかりだつた。

放課後になつても彼等は歸ることが出來なかつた。體操の教師が生徒監室にゐる「勇士」を見物に來る生徒達を叱りとばしてゐた。「勇士」達は何時もの高言にも似合はずみんな小さくなつてゐた。そしてこのうちで誰が一番ひどい處罰をうけるだらうか？　をお互に推量しながら、肘をつきあつた。會議室で職員會議が開かれてゐるらしい？　彼はあの紙にちよつと落書したのに過ぎなかつたが校長の怒りから察して停學は免れまいと思つた。彼は母のことを考へた。校長に呼ばれる母を想像した。いくらやさしい母でもこんどのことは許してくれまいと思つた。村人からまた輕蔑の眼で見られることを想像するともうたへられなかつた。彼は悲しかつた。

橙色の電燈が灯つた頃、みんなは父兄にあてた手紙と⦅君達は明日、鞄を持たずに來てよろしい。⦆と云ふ言葉をもらつて生徒監室を出た。學校の門を出て半丁もするとみんなは急に威張り出した。⦅俺は學校なんかやめて了ふぞ！⦆と云ふ奴があつた。⦅鬼瓦の髭をちよちよぎつて了へ！⦆と叫ぶ奴がゐた。またさうかと思ふとめそめそと泣いてゐる弱蟲もゐた。彼は決心してゐた。彼はみんなから離れて夕靄につゝまれた田圃道を歩いた。蛙が馬鹿馬鹿馬鹿と鳴いてゐる樣に聞えた。燕が頭すれすれに飛んでいつた。彼方の松林の間に製材所の灯が明滅してゐた。小川の邊の養鶏場はねむつてゐた。

暫く歩いてゐるうちに何時の間にか彼は何も考へなくなつてゐた。風の樣に彼は歩き、音の樣に彷徨つた。つめ草の丘に寢そべり乍らいつまでも澄みきつた空に輝いてゐる星を眺めつゞけた。

（六）

数年が流れてゐた。

東京。それは彼にとつてあまりに冷淡であつた。生活するには彼の力と才能とはあまりにも微少だつた。製薬工場。製紙工場。それから……影の様な生活。野良犬の様な生活。踠けば踠く程苦痛は加はつてゆくばかりだつた。アルコオルだけが彼の友達だつた。貧しい人達の親切だけが心に泌みた。彷徨ひ乍ら、家の軒で雨を凌ぎ乍らまどろんでゐる時、母や故郷の夢を屡々見た。夢から醒める度毎に夢のなかの母が彼を苦しめた。故郷へ！いや歸るまい！　彼は幾度か死のことを考へた。が、波動するうすぐらい水面を凝視めてゐるうちに必ず決心が鈍つた。無爲に過去の總てを忘れる努力をした。が、故郷の唄は絶へず心のどこからか甦つて來た。そして慈愛に滿ちた母の姿が瞼を刺した。朗かな寺院の庭に佇んでゐる時だけ心の平和を感じた。

・・・・・・・

月は曉に溶け始める。彼は再び山道を歩き始めた。一歩一歩ごとに故郷の香が近づいて來るのを感じながら。もう犬の遠吠は聽へなかつた。のどかな鷄の鳴き聲が琥珀色の朝霧に泌み渡る。くだり道。どこかで山鳥のなく聲が聽えた。彼の足は輕かつた。懷かしい故鄉の香ひが彼の疲れきつた身體や身に沁みる寒さや空腹やをすつかり痲痺させて了つたのだ。歩く歩く歩く。松林の間から朝霧につゝまれた梅林の丘が、野菜畑が見へた。櫟林の間に果樹園が見へた。雜木林よ！　軈て目覺めるであらう家々。遠景にねむる我家！　粉挽小屋の音が微かに聞えて來る。

# 海底　他二篇

本多信

風がわたしのまはりに搖れる、わたしの横を丸太のやうに流れる大河。激浪のひゞきが聞える、そして遠い風の音。わたしは無言の潮流の腕の中で、海草のやうに倒れる。

交錯する潮のうめき、音のない音樂、わたしは青空へ手を上げる、わたしは動く、死水の現象の中の古びたプロペラのやうに。

# 戰線

照明彈が花火のやうに空にあがる、灰色に暮れた戰線に雨がしとしと降つてゐる。

戰友よ、戰友よ、

涸れ疲れた私の聲が針のやうに懐滅の曠野に消える、雨が私を濡らす、私の胸に血汐が流れる、暗い夜の戰線に私はたゞ一人、見失つた戰友の名を呼んでゐる。

よろめく私の足もとに横はるのは、私の戰友の屍《しかばね》ではないのか、爆撃に崩れた會堂の十字架ではないのか、だが私の手は、私の瞳は、私の耳は、すでに凄じい彈丸の下に倒れてゐる。

野營の灯は何處だ！　太陽は何處だ！

ぐしよ濡れの戰線をさまよひながら、私の足はなほも動いてゐる、あの北方の星に向つて。

# 深淵

澄み透つた空がある、星が見える、黒い蝶が飛んでゐる。
何處か遠くで祭の笛が聞える。

# 藏のある風景

江口清

## 1

店の硝子戸が開いた。客だ！　反射的にわたしの眉は曇る。だが嫌でも出ないわけにゆかない。

——やあ、寒いな、大將は？

競《せり》呉服だ。相手が悪い。わたしは當惑の情を曖昧な微笑で隱して
——今しがた出て行つたんですが……直きに戻るでしようから……

——弱つたな、それは……あんたにわかるかしら、
客は背負つてゐた、かなり嵩《かさ》のある風呂敷包を投げ出すと、結びを解《ほど》き始めた。わたしは周章《あわ》てて遮つた。

——少し待つてゐて呉れませんか、默つて出て行つたんですからそれ程かからないでしよ。

自分で値踏みの出來ないこともなかつた。だが相手がこつちより遙かに眼利きの商賣人のことだから、うつかりするとかぶせられる恐れがある。此の場合待つて貰ふのが一番危《あぶ》な氣《げ》がなくていいとわたしは思ひ付いたのだ

それにしても斯ふ遣つて何をするでもなく客と睨み合つてゐる時間と云ふものは實に手持無沙汰で痛《つら》いものだ。どうにも格構がつかないので、もう一通り眼を通した筈の朝刊を再び擴げて只慢然と眼を走らすことにする。

――どうです、近頃お店の方は、何でしよ、景氣が悪いとお宅などはいいんでしよう、

わたしは澁々乍らも調子を合せねばならない。

――それは素人考へと云ふものですよ、入るばかりで出なくちや堪《たま》りませんからね、それに流れると此の景氣でしよう、ものに依ると元を引つ込むものがあるんですから、

――そうですかね、うまくゆかないもんですな、まあお宅なんぞはあるからいいんですが、こちとらなんぞはうつかりすると飯の喰ひあげですよ。てんで集金《かけ》がとれないんですから、もう吾々の商賣もあがつたりですね、皆得意をデパートに取られちまふんです……時に旦那は仲々見えませんな、もう彼れ是れ三十分は經つたでしよう。

『さあ』とわたしは時計を覗乍らも氣が氣でない。

――あなたでもわかるでしよう、これからちよつと廻る所もありますから、一つ値踏《ふん》で與れませんか……大丈夫ですよ、決して迷惑を懸るような品物ぢやないんですから、

仕方がないので、『何しろ御承知の通りお廉いんですから』と云ひ乍ら品物を引つ繰り廻し始めたが、もしや父の足音がしやしないかと、そんな空賴《だの》みさへ抱いてゐるのだ。其處へ嬉しいことに父が歸つて來た。わたしは救はれたようにほつとして『さつきからお待ちになつてるんですよ』と云つたが、それは客のことを云つたのだか自分のことを云つたのだか分らない程だつた。

父はあがると蔦も脱がないでわたしを奥へ呼ぶと、藏から手形と印を取り出して來て、『すまないがお忙ぎで銀行迄行つて呉れ、これ丈借りてくるんだ。早くしないと間に合はないぞ、うつかり土曜日だと云ふのを忘れてゐたものだから、』

わたしは周章《あわ》てふためいて飛び出た。出掛けにちらつと視た時計の針は拾貳時を少し廻つてゐた。それでもと思つてわたしは脚を速めた。

借金をしても商賣をせねばならぬ。それが生活だ。——わたしは歩き乍ら漠然と考へた。若い中《うち》から一ぱし獨りで遣つて來た父。父は恐らく最後迄此の闘ひから脱けることは出來まい。これが父の生活なのだ。いや皆誰だつて同じだ。俺にしろ、此の苦闘から遁れるわけにはゆかない。金！　實に呪ふべき存在だ。——こんなわかり切つたことがしきりに感ぜられるのだ。兎に角速く行かねばならない。わたしは駈け出した。

やはり豫期してゐた通り銀行の扉は固く閉つてゐた。わたしは扉の合せ目から内部《なか》を覗いてみた。まだ居る居る、しめた——わたしは突差の場合裏へ廻つてみることを思ひついた。丁度うまい具合に通用門が開いてゐたので、わたしは造作《わけ》なく窓口の下へ立つことが出來た。見識り越しの行員の眼を捕へ得た時にはひとりでに愛素笑ひが頰に浮んで來る。行員も不精不精《ふしようぶしよう》らしも窓を開けて呉れた。

——何です、今時分、もう閉りましたよ。

——特別に取りはからつて戴けないでしょうか。明日が日曜なんでしょう。ですから……

行員は首を引つこめた。通用門を開け離して來たので、三尺の路道は其の儘道路に開いてゐる。其處を往來するめまぐるしい動きをわたしは懷ろ手をして視るとはなしに視てゐた。後ろの屋根越しに吹いて來る風で兩耳が痛い。わたしは此の高層な建物に妙な威壓を、殘酷な冷い感じを受けた。そしてそれに對して反抗する氣持と憎しみを自分の裡に感じないわけにゆかなかつた。

窓が開いた。其處には氣の毒そうな色を浮べた行員の顏が覗いてゐた。

——折角ですけれどお持ち歸りを願ひたいので、帳簿さへしめなけりや何とかなつたのですが、どうもお氣の毒ですが、……

これ迄云つて駄目ならもう幾等頼んだつて無駄だと思つたので、わたしは挨拶もせずに歸ることに定めた。ぴしやりと窓を閉める音が如何にも癪に障《さわ》る。巷の喧噪の中に父の當惑した顏を想ひ浮べる。どうにかなるだらう！　わたしは强いて自分の氣を引き立てる爲に口笛を吹く。

案の條、父は苦い顏を一層苦くした。

——お父さんが悪いんですよ、もうちよつと早かつたら間に合つたんだが……

——そんなことを云つたつて獨りで萬事遣つてるんだから……出先きで氣が付いて忙いで歸つて來たんだが、……まあしようがないな……ぢやあすまないがもう一つ行つて呉れ、例の大竹だが……

わたしは嫌な使だとは思つたが、行かないわけにもゆかないので、澁々乍ら又出掛けた。

大竹と云ふのは近所の呉服問屋で相當な店なのだが、內容は見掛けと大違ひの遣り繰りで、遂ひに昨年の春お叩頭をして了つたが、其の時入つてゐた千圓ばかりの冬ものが其の儘ねこになつて了つたのだ。お叩頭と云ふのは店を閉めることで、よく商人は遣る。何しろ債務は總て棒引又は一部しか拂はず、內證で不動産や株劵類は他人の名義にしておけばいいのだから、中にはお頭叩をする度每に店の基礎を固めてゆくものもあると云ふ。それにしても、何しろ半《なか》ば信用で無理がきいてある上に、その頃より相場がぐーと下つてゐるので、勢ひ賣りに向へば半分位しか値が出ない。

第一そう纒まると中々現金で買ふと云ふものは發見《みつか》らないものだ。だから出來る丈騙し賺して元の鞘《さや》におさめるのが一番で、そりやあ先方にしてみれば、もう流して了つたのだから何も責任はありやしない、とまあそう云へば身《み》も蓋《ふた》もない話だが、其處を何とか折合ひをつけようと散々交渉した上で、漸やく、今迄の利子は全部帳消し、元金丈で一先ず受け戻すことに話が定つたが、扨いざと云ふ段になると、こちらの弱味を見込んだのか、急に約束を飜して七百圓しか渡さないでこれで我慢して呉れと云ふのだ。餘り遣り口がひど過ぎるとは思つたが、何しろそれなりに手を引かれても文句は云へないので、兎に角品物丈は渡し、殘りは月賦で濟崩《なしくず》しとけりが付いたのだ。それも中々おいそれと持つて來ない。其の都度、何度も足を運ばねばならないのだ。

だから其處の主人のあから顔をみてさへ癪に障《さわ》る。だが勉めて感情を表面《おもて》に出さずに取引させねばならぬ。奥の帳場に座つてゐた主人は、わたしの入つて來たのを眼鏡越しにちらつと見たつ切り、其の儘眼を逸らして、さもうるさい奴が來たと云はんばかりに、客と話し込んでゐるのである。先ず最初からわたしはぐつーとして了つた。わたしは傍に居た小僧に證書を渡すと、ぐるりと背を向けて上り口に腰掛けた。小僧はわたしに茶と座蒲團を勸めて、『暫らくお待ち下さい』と云つたが、それなりに一向主人は出て來そうな氣配もない。わたしは手持無沙汰をまぎらす爲に莨に火をつける。味のない莨だ。わたしは煙の內に父の遣り方の莫迦らしさを憶ふ。それにも增して此の主人の狡猾な仕打が、賴み込む時にはお調子のいいことを云つておき乍ら平氣な顏して莫大な損害を與へてしやあしやあしてゐる小面憎さが思はれてならない。わたしはじりじりし始めて來た。突然哄笑が後ろで起つたのに、横つ面《つら》を撲られたような氣がしたわたしは、堪《たま》り兼ねて向き直つた。

――どうしたんです、ちよつとお顏を拜借すりやいいんですが……

わたしは奥に聞えよがしに、そう云つて遣つた。すると主人は揉手をし乍ら出て來た。

――大きにすみません。ゑらうお待たせして、ええ、明日《あす》は間違ひなく持たせますから……よろしく旦那にお傳へ下さいまし、

――少しばかりなんですから戴けないでしようか……實にわたしの方でも遣り切れませんよ、

わたしの聲は自分でも感じられる程上滑つてゐた。すると向ふはいやにゆつたり構《かま》へて――あなたの方では少しばかりなんでしようが、わたし共としては中々どういたしまして、何にいたせちつとも集らんもので、早《はや》う持たせてあげやならんのは重々《ぢゆう》存じとるんですが……それに、――と相手はわたしが氣があがつて了つて口もきけなくなつて了つたのを増々いい氣になつて――あの品にはうちでもゑらう損をしやした。何しろ此の景氣だつしやろ、損はお互ひさまや……――よくもそんな口がきけたものだ。わたしの眼は峻しく相手の顏をみた。――又そう度々來られると店の信用に關《かかわ》りますし、ありさへすれば必ず持たせてやりますで、よーくおつしやつて下さい、わざわざどうも御苦勞さまでした、

何が信用なんて、よくもそんな立派なことが云へたものだ。わたしはこんな奴と話をするのも莫迦らしくなつて來たので、幾分皮肉のつもりで『それではお宅の信用にもかかわりますから明日こそ間違ひなく持つて來て下さい』と云ひ棄てると、お叩頭と帽子を一緒に冠つて外へ飛び出た。

曇つた空は一層わたしの氣持を暗くした。脚はひとりでに速くなる。『嫌だ、いやだ、何と煩しいことだらけ

なんだらう』わたしは少しも早く獨りになりたかつた。

わたしは返事を簡單にすると、机の前に坐つたが、どうも氣が落ち付かない。ともすると眼は徒らに活字の上を空滑りし勝ちなのだ。父が店で鬱ぎ込んでゐるのが手に取るようにわかる。だがわたしはそれをどうする術《すべ》も知らない。わたしは父のよく云ふ『日陰の桃の樹』でしかあり得ない。其の中どうにかしなくてはならないとは思つてゐるのだが……わたしは自分のことを考へると憂鬱になつて來るのだ。

2

夕食をすまして二人つ切りになると、妹は待ち兼ねたように云ふのである。

——兄さん、わたし今晩こそきつぱりお父さんに話そうと思ふの、さつきもね、店へ仲間の人が來たら、お父さんてばしきりに養子の世話を頼んでゐるの、わたし聞いてゐて腹が立つて來たわ、……でもお父さんも氣の毒ね、でもとても出來ない相談だわ、もし話があつてからだと餘計めんどうだから、よーく話しておいた方がいいと思ふの。

わたしもその方がよからうと思つた。斯う云ふ機會にお互ひが腹の底をぶちまけて話し合つたら、皆がお互ひに自分一人で苦んでゐる所がわかつていいだらう。どうせ何時かはきつぱり話を付けねばならないとは思つてゐたのだが、やはりいざとなると、はつきりした親子の氣持の別離をみせつけられるのが嫌だものだから、强ひて自分から進んで話を持ち出そうともしなかつたのだ。それには其の中《うち》どうにかなるだらうと云ふ當てにもならないものを待つ氣持も手傳つてゐたが、それ丈日一日とお互ひの氣持は離れてゆくのだつた。だから自然家の中が冷たく淋しくなつてゆくのは當然なわけだらう。父としても面と向つて話し合ふのも嫌だとみえて、何時も母に向つてわたしの愚痴を洩してゐるので、それを傳へ聞いては母がわたしに就いての様々の不滿を、しかも女らしい感傷で實にくど／＼と述べ立てられるので、聞く方のわたしとしてはこれ程痛《つら》いことはないわけで、始終兩方の間に挾つてくよ／＼心を痛めてゐる母を氣の毒と思はないわけでもないが、時に依るとこつちの氣の立つてゐる時なぞ、遂ひ惡いなとは識り乍らも怒鳴り返すこともある。自分としても兩親の意に添はないで何時迄もぶら／＼してゐるのは確かに惡いとは充分識つてゐるのだ。だからと云つて此の商賣を遣つて行くことはどうしたつて嫌だ。小さい時からひとに自分の家の商賣を尋ねられても赧くなつてそれを口に出すのも嫌だつた俺だ。何で遣つて行けようか。

　妹が父と母を呼びに行つた。二階で獨りつくねんとラジオを聽いてゐた母は直ぐ下りて來たが、父は『今行く』と云つたつ切り、なかなか姿をみせなかつた。母は又かと云ふ顏をして長煙管を邪險に長火鉢にはたいた。それがわたしには嵐の前の警告のように響くのだ。わたしは母と視線の會ふのを怖れて、髮の中に掌を突込んで、何も置いてない机の上をじつと睹る。わたしは何と切り出していいかわからない。わたしの頭惱の裡には云ひたいことが澤山あるようで扨何處から引つ張り出していいか迷つて了ふのだ。唯こわいものを見るような不安と落着かない氣持で一杯なのだ。其處へあひ憎なことにも客が來た。話し振りでそれは古くから來る或る洗張屋だと云ふことが判つた。中々こすつ辛い男で、泣き付いては器用に裏返ししたり縫ひ込んだりした瑕物を押し付けて散々持たされた揚句きまつて流して了ふと云ふ餘り性質《たち》のよくない客なのだ。聞くまいとしても店の會話が耳に入つて來る。それを聞いてゐると益々氣が滅入つて了ふのだ。わたしは速く客が歸つて呉れればいいがと思つた。わたしにはそれが非常に長い時間のように感ぜられるのだ。

客が歸つたので父は遣つて來た。父は長火鉢の前にどつかり座ると、苦り切つた顔をして刻《きざ》みを吸ひ付けた。昨年末、切角賴りにしてゐた弟を喪つたので餘計落膽《がつかり》した故爲《せゐ》か、めつきり耄れ込んだように思はれる。それをみてゐると本來ならわたしが口を切らねばならないのだが、すつかり氣を摧《くぢ》かれて了つた。いい案配に妹がそれを救つて呉れた。

――はつきりしておかないと困るから云ふんですけれど、わたしが家を嗣ぐなんて出來つこありませんから、お父さんも其のおつもりで、

――兄さんはしないと云ふし、それでは誰が一體遣つてゆくんだ。皆そんな風では家がたつてゆかないではないか、それで、もしも親爺が眼をつぶつたらどうするつもりなんだ。お前達は何時迄も耄れたわたしを店先へ晒しておいてそれで濟むのか、それかと云ふて此の商賣に替る適當なものがあるのかね、少しばかりのものなんぞ何もしないでゐたら忽ちなくなつて了ふよ、第一此の家にも住ひ切れやしない、先ず其の處分にだつて困るだらう、わたしには兄貴の氣持がどうもわからないのだ。一體おまへはどうするつもりなんだ。

父はわかり切つたことを諭すと云つた面持で穩やかにそう云つた。以前の父ならば頭から怒鳴り付ける所だが……わたしは其の聲の中にも老《おひ》が感じられて、其の一言々々が如何にも軀《み》に直《じ》かに響くのだつた。母も傍から口を添へて、

――そりやおまへの此の商賣が嫌ひなのもよーく識つてゐますし、又おまへのような氣質では到底出來そうも

ないのも、普段の客の應待振りでも目にみえてゐるが、それならそれで、おまへが自分の思つてゐる道がしつかり遣り遂げられればいいが、どうもわたしにはそれも不安でならないよ……出來なかつたらどうなるんだね、何時迄も獨りでぶら〳〵してゐるわけにもゆかないし、おまへ、よーく考へて御覽、お父さんの軀の悪いのも知つてゐるだらう、もしものことがあつたとして御覽、さつそくどうしていいかわからないぢやないか、あの震災ですつかりものを失くした上で兎に角これ迄に遣つて來たんだよ、少しはお父さんの身にもなつて考へてみるといい、此の商賣さへ遣つてゆけばちつとも困りやしないぢやないか、おまけに藏迄あるんだし、……それじや餘り濟まないよ、それもいいさ、おまへの遣つてゐる字を書いてゐる仕事が何時になつたら金になると云ふあてさへあればね……

わたしはそう云はれると返事に窮して了ふのだ。わたしにはどうして生活してゆくと云ふ宛《あて》はないのだ。わたしの書いたものが金になるなんて何時のことだかわかりやしない。譬へ貰へたにしろどうせたいしたことはあるまい。ひよつとすると一生無名で終つて了ふかもわからない。わたしは今の所そんなことは考へたくないのだ。唯自分の氣に入るものさへ書けばいいと思つてゐるのだ。だが幾等自分が生活力が無いと云つたつて、男一人として、自分一人ぐらひはどうにかして食べてゆけるつもりだ。わたしにもそれ位の力はあると思つてゐる。ただ父や母の滿足のゆくような生活が遣つて行けるかはわからないが……

わたしはそうは思ふものの、それを口に出しては云へないのだ。わたしは軀を硬くして、じーと疊の目を視る。

すると父が疊み掛けるように語調を强めて、

——冗談ぢやない、遊んでゐて食べられれば誰が每日齷齪働く奴があるものか、第一何時迄のらくらしてゐてそれで世間が立つてゆくと思つてゐるのか、莫迦らしさにも程がある……

――ほんとに――と母はそろ〱おろおろ聲になつて來た。――おまへのような親不孝はないよ、親つてものは莫迦なものだからね、幾歳《いくつ》になつても子供のことを心配しますよ、おまへがそう遣つて蒼い顏をして机に向つてゐるのをみると、傍《はた》の者が氣が揉めてならないんだよ、
暫らく皆默つて了つた。わたしは其の沈默を息苦しく感じた。わたしは堪へ兼ねて口を切つた。わたしの聲は跡《と》切れとぎれに流れて行つた。わたしにはそれが精一ぱいの努力だつたのだ。

――誰もが不幸なんです……恐らく一番惡いのはわたしなんでしよう……わたしがおとなしく店さへ遣つて行けば、何も文句はないんでしようが……でも出來ないものは、何と云はれてもどうにもなりません、そりや……無理にもと云へば……それ迄ですが……

すると、妹がわたしの言葉を遮つて、

――駄目よ、兄さんは、そんな氣ぢや、……兄さんのようなおひとよしに何で遣つて行けるもんですか、きつと損ばかりするに違ひないわ、

――弱つたね……わたし達は、立派に息子があつて、それに頼《たよ》ることが出來ないなんて……實際情けないねえ……

母はもう涙聲であとを濁して了つた。父は何も云はずに荒々しく席を立つて了つた。

わたしも其の場に居堪《たま》らず、帽子も冠らずに外へ出た。冷い夜風が身に沁みて感ぜられる。わたしは默々と鋪道を熱視めて何處と云ふあてもなく歩く。

わたしは兩親に對して激しい自責を感じないわけにはゆかなかつた。そうかと云ふて、其の期待に添ふわけにはどう考へても行かなかつた。あの客との應待を想つても、わたしは堪《たま》らなく嫌だつた。向ふは實際生活に困るのだから少しでも餘計に借りたいのは無理もない。だがそう客の云ひなりになつてゐては幾等金があつても足りるものではない。氣質の上で、逐ひ泣きつかれると餘計に貸し勝なわたしは段々と少しづつ損をしてゆくに違ひあるまい。過去の樣々な失敗が憶ひ出される。或る時は注意を怠つた爲に贓品を預つて元利共にふいになつたこともある。又見え透いた凝《まが》ひものをとつて、ゑらい損をしたこともある。店へ出るのも嫌なくらいなのだから従つて客扱ひが粗末になるのも當然であらう。想像したつて、あの陰氣臭い帳場に座つてゐるなんてどうして俺に出來るものが、誰があんな庫の番人なぞ——ああ俺は獨りにありたい。總ゆる束縛から離れて、伸びのびした自分の思ふ儘の生活がしてみたい。幾等世間に仕事がないと云つたつて、又俺の軀がそんなに丈夫な方では無いにしたつて、自分獨り位、どうにかして生きて行けるだらう。

わたしは空を仰いだ。空には一面に星が眩いてゐる。それがどんなに魅惑を以つてわたしの眼に映つたことだらう。

わたしは一歩々々力を籠めて地面を踏み付けた。わたしは家を出た後の生活を想像して、觀喜と不安の幻映を描いて微笑を浮べてゐるのだ。次々と造り出される蜃氣樓は何と果てしない享味を與へるのだらう。わたしは暫くの間、思ふままに空想の翼を擴げ續けた。

だが瞬間、ふと母の顏を想ひ浮べた時、わたしの空想の糸は酷くも斷ち切られて了つたのだ。——母はわたしのみを頼りにしてゐるのではないか、若い中からさまざま苦勞をし續けて來た母は、老後の樂しみを唯わたしの軀のみに託してゐるのだ。それが裏切られた時の悲し味は、恐らく氣も狂はんばかりに歎くに違ひあるまい。それを振り切つて迄――わたしははたと當惑して了つた。

　脚は何時の間にか家の方へ出る道に向つてゐた。だが今飛び出て來た有様が眼の前にちら付いて歸る氣にはなれなかつた。どうせ今歸つた所で其の儘穩やかにおさまりそうもないし、それにお互ひが嫌な顏を仕合ふのも堪《たま》らないので、わたしは踵を廻すことにした。そうかと云ふて何處と云ふあてもないのだ。冷たい風がぞく／＼皮膚を刺した。餘り寒いので、わたしは二三度行つたことのあるおでんやの暖簾を潜つた。人の息と湯氣でむつとする內の、隅の方に腰掛けたわたしは、たいして飲《い》けない酒をちよびりちよびり遣り出した。其處には色々な人の顏があつた。股引半纒、洋服、詰襟、着ながし、或るものは大聲を張り上げ、或るものは女を戯つてゐる。わたしはそれ等の騷ぎをぼんやり眺め乍ら獨りで銚子を手にした。どうやら少しまはつて來たようだ。わたしは何もかもくだらぬことのように思はれた。結局はなるようにしかなるものぢやない。定められた一本の線、わたしは何かそれに近いものを眼の前に感じないわけにゆかない。唯はつきりした生活態度の定らない自分が非常に情なく思はれるのだ。つまりは自分の腑甲斐なさに歸するのだと思ふとどうも氣が浮き立たない。わたしは強いて自分の感情を痺れさす爲にしきりに猪口を口へ持つて行く。だが不思議にも今夜は醉はない。拾時が鳴つた。店を閉める時間だ。わたしは腰を浮かし掛けた。しかし考へてみると、こんなあかい顏をして今歸るのは此の場合如何にもまずいことだ。皆が寢て了つてからそーつと戻るのが一番無難のようだ。わたしはもう一本お桃子をつけさせた。

　冬の夜更けは人通りも淋しい。わたしは懷ろ手をしてぶらりぶらり歩いてゐた。わたしは何もかも忘れて了ひたいのだ。だが滓のように執念深く頭惱《あたま》の隅にこびり付いてゐる様々の事柄は尙もわたしを惱ますのだわたしは反芻動物のようにそれを繰り返してゐる。そして其の度に苦い汁を呑み込まなければならない。

突然肩に手が當つた。愕いて振り向くとT君である。T君も相當醉つてゐるのが夜目にもはつきりわかる。

――よう、珍らしいな、君が飲んでゐるとは、一人でか、ふーん、よし、一つ面白い所へ案內して遣らう、

彼はわたしの返事も待たずにもうタクシーを呼び止めた。氣のむしやくしやしてゐることでもあるし、嫌應無しに車體《くるま》の中に入つて了つた。

彼は酒臭い息を眞正面《まとも》に吹き掛けて、わたしの腕を捉へると、『又親爺と喧嘩して來たんだらう』と囁いた。幼な友達のTはよくわたしの家庭のことを識つてゐるのだ。わたしは曖昧な微笑でそれに答へた。と、何氣なく覗遣つたバツクグラスに何處となく皮肉な冷笑を浮べたTの顏を見た刹那、わたしの顏は彈かれたように硬直した。――うるさい奴だ。俺は友達なぞにつまらぬ同情なんてして貰ひたくない――わたしは窓に眼を外《そら》した。鋪道に眩めくネオンサインの影が搖れる。わたしの氣が反映《うつ》つたのか、Tはそれなりに默つて了つて、獨り口笛を吹いては脚で拍子をとつてゐた。わたしは口の裡で呟いた。――もつと走れ、速く――と。わたしは車體が全速力で何處迄も走つて吳れればいいがなと思つた。だがタクシーは止つた。或る裏通りのカフエーの前で。

Tに助けられて外へ出た時はもう餘程の時間らしかつた。市電もとつくになくなつて了つた。『君、幾等《ら》か持つてるかい』とTが耳元で囁やく。わたしは袂を捜したが白銅一つしかない。『弱つたな、さつきの所ですつかりはたいちまつたので、ちつとも無いんだ。僕はかまはないが、君は困るな、仕方がない、歩くとするか』Tはわ

たしを抱くようにして歩き出した。

もう街の光はすつかり影を潜めた。夜の蒼い光がコンクリートの鋪道に流れてゐた。わたしは何もかも最早考へる氣力を失くして了つたのだ。痺れた感覺の中に全身が溶けて了ふような氣がするのだ。わたしは何時迄も此の氣持に浸つてゐたい。わたしは無性に聲を張り上げてみたくなつた。Tもそれに和した。兩人の聲は暗闇の中に擴つて行つた。そしてそれに歩調を合せてしどろもどろに歩き續けた。それは可成りの道程のように思はれた。しかしそんなことは少しも苦にならなかつた。出來るなら斯ふ遣つて一晩中歩きたかつた。

やつと家の前迄來た。Tは心配そうにわたしの肩を叩いた。

——大丈夫かい、こんなに遲くなつて、

『何平氣なもんさ』と云ひ乍らもわたしは恐る〱戸を叩いた。叱られるのは何でもないが、それから來る不快さは實にいやだつた。

内から寢むそうな女中の顏が覗いた。わたしは未だ外に立つてゐるTに手を振つた。如何にもTの好意が身に沁みて嬉しかつた。

梯子段の下迄來ると二階に寢てゐる父の咳拂ひが聽へた。それが夜更けに歸つて來たのを暗々の裡に咎めるようにとれたので、理由もなく癪に障《さわ》つたわたしは、障子の開けたても荒々しく寢床へ潜り込んだ。——よし、何んとか云ふたら飛び出るばかりだ。——わたしはそんなこと迄考へた。しかしそれつきり階下へも下りて來なければ、わたしを呼びもしなかつた。

間もなく三時を聽いた。妙に寢就かれない晩だ。樣々な事柄がそれからそれへと尾を引いて風車のように腦裡を駈け廻る。わたしは神經を靜める爲に胸に手を當てた。飮み過ぎの爲に動悸が激しい。わたしは寢苦しい一夜を過した。

3

腫れぼつたい眼をして、わたしは何時ものように机に向つてゐた。父も母も昨夜のことに就いては一言も云はなかつた。わたし達は何かしらお互ひに顏を合せるのを避けてゐるのだ。父の聲が障子を開けて覗いた。

――これからちよつと二三軒廻つて來るから店を頼むよ、

わたしは振り向きもせずに『うん』と答へた。此の寒空に、流れの催促に出掛ける父の後ろ姿を想ひ浮べた時つくづく氣の毒に思つた。

しかし店の硝子戸が開くのを聽くと、眉を顰め乍ら立ちあがる自分を視出すだらう。

わたしは灰色の部厚な鐵骨コンクリートの壁をいまいましげに睨んでバツトの煙を吐き出した。

# 新東京の「トパーズ」を見る

本多信

「トパーズ」は一つの社會劇である。

作者マルセル・パニョルは一種の大衆作家である。そしてこの作品の生れたのは、大戰後政界經濟界の大動搖のなかで人心騷然としてその行くところを知らず、社會意識の或る頂點に彷徨してゐた時である。しかも「トパーズ」の取扱つた問題は、その混沌の中に咲いた假面の花に向つての皮肉であり、暴露であり、詩人的憤激である。

かくて「トパーズ」はすぐれた大衆作品として巴里の街に姿を見せた、ヴアリエテ座は九百同の歴史的上演日數を記してゐる、觀衆は破れるやうな拍手を送つてゐる。

「トパーズ」は一つの世相劇である。

作者はすぐれた大衆作家である。

されば、ヴアリエテ座の支配人は莞爾として或る空想に耽り、一無名作家パニョルを一躍巴里劇壇の寵兒として、その前に叩頭するのである。

末期的世相の中の「金」の位置に對してパニョルは常識的解釋を與へてゐる、觀衆の喜ぶのは當然である。だが、この作品の中で最も優れた場面はといへば、最終の第四幕に實直硬骨をもつて鳴るトパーズの同僚タミーズが、節操を捨ててこの「金」の魅力にひかれやうとする、餘韻と香をもつた幕切れである。ここに僕は救はれた作者パニョルの良心を見、また藝術家の苦悶を想ふ。だから僕は、ことさらに作者をすぐれた大衆作家だといふのだ。作者はトパーズの口をかりて、滔々「金」の偉力に萬言を費してゐる、しかし、トミーズの背後の作者は、流石に彼をその問題に一思案する貴重な場面で幕を下してゐる。この一點で僕はこの芝居を買ふ。

「新東京」の人たちは、みんなよく各々の役を演つてゐた。達者過ぎる位に。しかし僕は、最近殊に上手《うま》くなつたこの劇場の人たちを内心一寸淋しく思ふのだ、友田も田村も東山も御橋も、上手《うま》さの一つの型に入りきつてゐるではないか！上手《うま》いといふことは必要でありまた大切なことだ、然し藝術家の誇りではない、問題は如何にすぐれたエスプリを持つかだ。

「新東京」の人たちよ、諸君の型を破り給へ、いつも若々しくあり給へ、それが藝術家ではないか。

藝術の道は常に茨だ、その中を苦しみ進んで行く「新東京」を、僕は心からの期待をもつて見つめてゐる者だ。

# 宇宙・孤獨

ポオル　エリユアル

冨士原清一

1

毎夜ひとりの女は
祕密な旅をする

2

倦怠の村落
其處では娘達は噴永の如く
露はな腕をもつてゐる
靑春は彼女達のなかで成長する
そして爪尖きで立つて笑ふ

---

# シンクレア・ルイス

ポオル・モオラン

江口清

アメリカでは今 Babbitt が babbitt を書いてゐる。それが大文字であれば、それは單なるアカデミックな評判であり、小文字であれば、それは其の儘一つの榮譽である。バビツトの風習はとりも直さずバビツトの時代を遊つてゐる。それは父から離れて獨立生活を營む。恰も砂糖燒《プラスリン》はプラスラン公爵の發明であり、斷頭臺《ギロチン》はギイヨタン氏の考案であるにも關らず、それらの小文字はそれらを産んだ大文字とは全く獨立してゐる。シンクレア・ルイスの著書は一度去つた群の中に再び返つたの

倦怠の村落
其處ではすべてのものは等しい

3

昆蟲等は此處に這入つてくる
火の霰降る影
全く錆びた焰は
睡眠に泥を跳ねかける
彼の肉の寢臺と彼の節操

4

山と海そして美しい水浴女
貧者等の家のなかの
彼等に木蔭の代りをする寢臺の色褪せた天蓋の上に

---

だ。卽ち一九二二年頃迄は バビツトは不動産周旋人、ヂョーヂ・エフ・バビツトに過ぎなかつたのが、 八年間の中に標準的ヤンキー型の一人物としての バビツトとなつたのである。

シンクレア・ルイスは異例な關蔑する。 彼は非英雄主義者である。 彼は先ず單なる一アメリカ人を選んで、 それをまるで自然科學者のような精密な方法で組立て、 それに樣々な記號の塵埃をつけてピラミツドの頂上へ押し上げたのだ。

此點、 彼は確かにメダン派（ゾラ、 モオパサン、 ユイスマン、 エンニツク、 セアール等）に負ふ所が多い。 彼の小說の筋はセアールの小說のように平坦で靜止してゐるが、 其處に現れる人物の取り扱ひはゾラの 態度である。 彼は又ユイスマンのように日常茶飯事を縷述し、 ゴンクウールのように家財道具の商品目錄迄作成する。 そして最も大きな影響をフロ

陰欝な千の洋燈は身を潜める

反射の廣場は涙を結合し
眼を閉ぢる
すべては充たされてゐる

映像の後に續いて
光の塊は他の夢に向つて轉んでゆく

5

肉體と世俗の榮譽
翼の如く柔かい角の
信じ難い陰謀

——だが私を愛撫する手
その手を開くのは私の笑ひである

---

ーベルから受けた。彼はゾラの缺點、即ちゾラが自分がプロレタリアでなかつたのに主として下層階級を描いた事、フローベルは自分の屬してゐる階級、プチブル丈しか描かないことをよく識つてゐるのだ。フローベルこそは彼の教師でもあり祖先でもあるのだ。

小說家は自分が生活した環境に身を捧ぐべきだ。でなければ、それは單なる論文家、雜書著作者、新聞記者、傳票係に過ぎないだらう。シンクレア・ルイスの成功は主題に固着する彼の個性にある。中央西部の生れであり醫者の息子である。彼は其の時代、其の國をよく理解してゐる。彼はアメリカの大多數を形成する農民と中產階級の「無名歷史」(henaurme) にすべてを捧げる。彼にとつては上流階級下層階級は大して重要性を持たない。何故ならアメリカの勞働者は、すばらしい生產能力を持つ機械の出現によつて、又特

その手を把持しその手を止めるのは
私の喉である

發見と愕愕との
信じ難い共謀

6

汝の裸體の幻
幻　汝の單純さの子供
幼兒馴養者　想像された自由の
肉慾的の睡眠

7

透明な水の羽毛　毀はれ易い雨
愛撫と眼差しと言葉で

---

種化されない外國人の賃銀によつて、人權法の缺點と相俟つて日毎に消へ失せ、趣味衣裳理想を共にするプチブルの中へ沒入して了ふからだ。

永い間『バビット』がフランスに現れなかつたのは、ルイスが完全な飜譯を強要してゐた爲と、彼の小説に出版者が躊躇してゐた爲である。（アメリカの小説は多くの場合フランスの小説よりも二三倍位長い。漸く最近になつて『バビット』がモオリス・レモンによつて飜譯された。初めはルイスも紹介を一應拒つた。

と云ふのは『バビット』が非常に大きなものなので幾等重要なものとしても外國人には冗長過ぎて倦怠を感じやしないかと怖れたからだ。だがルイスにも頗る面白い小説がある。例へばエルマー・ガントリイ（一九二八年の作で、アメリカのタルチユフと謂はれた）

覆はれた涼氣
愛は私の愛するものを覆ふ

8

磁器の歌が拍手する
それから粉碎し哀願しそして死ぬ
汝は哀れな裸體の彼女を思ひだすだらう
狼達の朝彼等の咬傷は墜道である
其處から汝は血の着物を着て出てくる
夜で赤くするべく
如何に多くの再び見出さるべき生者がゐることよ
如何に多くの消さるべき洋燈があることよ
私は汝を　Visuelle　と呼ぶだらう
そして汝の映像を倍加するだらう

---

は滑稽小說風なもので、ドッズウォースはヨーロッパに居るアメリカ人の巧みな諷刺である。

ゼニス、バビットの町であるゼニスは平原の大きな町を見下してゐる。此の町は五十萬程の人口だが、都會的の何者もない。穴倉と穀物小屋と搾乳場とフォードのガレーヂしかない此の原野。あれ程麗しいノルマンデーの村に邊鄙と嫌惡を感じたボヴアリイ夫人だつたらこれを視て何と思ふだらう。バヒットは此の町から脫走することを空想する。此の本の各草は脫走の企畫、それによつて生じる戀愛、友情、旅行、商賣、酒等の物語が描かれてゐる。シンクレア・ルイスはそれらの如何なるデタイルも忽せにしない。彼は主要人物の一日の生活の總ゆる時間――ゴルフ、風呂、ヂン酒等――を示す。彼は如何なる平凡な考へも、とるに足らぬ常識も殘らず述べ立てる

9

硝子の額をもつた彷徨へる女
彼女の心臓は黒色の星のなかに記名されてゐる
彼女の眼は彼女の頭を示し
彼女の眼は夏の涼氣であり
冬の熱である
彼女の眼は眼細工をされてゐるそして大聲で笑ふ
彼女の賭博者の眼は光の分け前をかち得る

10

晴天　私は覆はれてゐる
恰も日のなかから出るためかの如く

嫉妬の

---

のだ。此の點、彼はフローベルが其の傑作ブウバアール・ユペキユシエに臨んだ手法によく似てゐる。

種々苦心したが皆失敗したので、バヒツトは途ひに野心に富んだ自己を棄てて、一撮の規範に從つて了ふ。彼は再び服つた金持の、俗悪な饒舌の三つの言葉――ヤンキー、ベースボール、ポオカー――を話す所の、うまく客を欺いて利益をとる近代商業主義の、戀愛を嘲笑する中央西部のアメリカ人となる。理想的アメリカ市民であるバビツト、自動的英雄であるバビツト、ルイスは彼の爲に不動産周旋人と云ふ職業を撰んだ。彼が如何程金持になつたとしてもたかだか一人のアメリカ人であるに過ぎない。彼は急速に利得を、成金を、投機事業を展開してゆく。石油を含んだ土地の地質調査も、初めは唯覺書に過ぎなかつたのが、急に貿易仕入商品の價格は暴落してバ

兇惡なる徵の下の怒
非常に巧妙なる不正

この曇天を逃亡せしめよ
その硝子を粉碎せよ
それらを石に食物として與へよ

この不純にして重い
曖昧なる曇天

11

彼女の接吻と彼女の恐怖をひきちぎつて
夜彼女は醒める
夜を充たしてゐたすべてのものを驚かすために

---

ピットは不動産投資、消費商品の人工的騰上をすることになる。此の赫土と黑土との規則。その上に白色文化の最後、偉人が休息する。バビットはドルを操縱する容易さで大文字を取り扱ふ。此の住宅地のナポレオンは顧客、信用、事務と云ふような言葉を口癖のように云ふ。それは確かに彼のヴイジョンである。其のヴイジョンが彼に商品を廉く買つて高く賣らせたり、不毛の土地を開拓したり、孤兒院を潰させたりする。ヴイジョンが建てた町、(四十階)そこでバビットはアメリカの政策の冗長な專門家のことを考へる。

綜合の、正統派の、着色石版術師のバビットは喋べる、喋べる、喋べる、喋べる。

ルイスの小説の人物は取り止めのない言葉をのべつなく喋べる、恐らく如何なる作家も彼程言葉の寫眞術を會得しておるまい。プルウストは言葉の所々を輕やかな藝術的筆致で

12

これらの枝の波止場で
航海者は繁榮しない
爆鳴と火の反響で打ち倒された頰
露はな脚の波止場で
肉體を聾の影のなかに突き入れて
誘惑の足跡は消滅した

河等は水の國にしか注がない
海は閑暇の空の下で瓦解した
坐つてゐる汝は私に隨行することを拒絶する
汝は何を賭さんとするのか　愛は悲哀を笑はせ
屋根の上に世界の無能を叫ばしめる

孤獨は汝の動かない喉に對して新しい

---

飾り立てる。ルイスは小說の初めから終り迄對話で導く。しかもそれ等の人物に Ves, No と云はせずに、全くの方言、所謂メリケンの Yep, Nup を云はせる。脫臼した文章の英語から離れて、アルゴ、グラッセの發音、混血兒的の言葉、スポーツ用語、を話させる。

シンクレア・ルイスはバビットのように、中央西部に恐怖を抱いてゐる。恐らく彼は自分が其處の生れであるのを忘れて了つたのに違ひあるまい。彼は中央西部なしには又中央西部も彼がゐなくては共に生存することが出來ないのだ。ルイスは總ゆるヨーロッパの城に住むよりもゼニスの花の咲き亂れる丘陵の上にたつささやかなバンガローに住むことを好む。彼はエディス・ワルトンのようにアジユールに住みたくない。彼はヘンリー・ジエームスのように英國に歸化しない。又グランウエイ・ウエスコットのように地中海沿岸で

私は汝の手等を眺めた　それらは相似である
そして汝はそれらを交叉させることが出來る
汝は汝自身にすがりつくことが出來る
それで良いのだ――汝は唯一のものであり私は孤獨であるから

## 13

王冠を奪はれた牢獄
空の眞中の
燃える窓
其處で雷は彼の胸を見せる
全く綠の夜
何ものもこの孤獨のなかでは微笑しない
此處では火は私を横ぎつて
立つた儘で眠る

---

ヂヤン・コクトオと一緒に海水浴なんかしたくない。彼は自分の生國を愛してゐるのだ。

コズモポリツトであるアメリカ人。其の中にも二つの種類がある。一つは吾々ヨーロツパ人に接近してゐるもの、他は吾々から遠く離れてゐるもの、本年四十五歳のルイスは、ヨーロツパの勢力に對抗するために大戰後創始された Revue Americain Mercury の先頭に立つて働いてゐる。

新しい國の人達は將來『自分丈で足りる』と云ふことを認識してゐる。卽ちモンロー主義によつて文字迄も征服しようと云ふのだ。

ドツズウオースはルイスの作品としては例外に屬す。『わたしはこれ迄決してヨーロツパの額緣を持つた小說はつくらなかつた』と彼は最近云つてゐるが、實際彼は祖國の外へ、遠く離れて小說の題材を求めに行かない。或ひは自分の周圍を棄てることは、問題の結末

だがこの不吉は無益だ
私は微笑することが出來る
虛妄の頭
その死は慾望を乾燥させやうとはしない
常に防衛する絕體に自由な頭
そしてその眼とその微笑

よし私が今日生きてゐるとしても
よし私が孤獨でないとしても
よし誰かが窓のところにくるとしても
またよし私がこの窓であるとしても
よし誰かがくるとしても
これらの新しい眼は私を見ない
私が何を考へてゐるかを知らない
私の共謀者になることを拒絕する

---

に到つて間隙や危險を與へるかもしれない。又自國の魂と祖國それ自身の美を瑕つける結果にもなるであらう。此の立場から見るとルイスの意見は肯定される。彼は自由を獲得しようとするアメリカを援助するのだ。

大戰後のアメリカ。茫大な人口を種々雜多な人種を持つアメリカ。現在のアメリカは宗教的自由、道德的自由、性的開放、眞心の吐露他人の尊敬を渴望してゐる。現在のアメリカは『最大のもの』よりも『最良のもの』を熱望してゐる。そして社會の必要な束縛と個人の規律との間に平衡を模索してゐる。その模索をルイスは援助し支持する。彼の小說の人物は屢々失敗する。バビットも最後は失敗するのだ。此の標準的近代商業主義者は『金』と對抗するにはあまり背丈が低過ぎたのだ。繁榮と平和を維持する爲に、アメリカは彼の魂を賣つたのである。賞讚すべき偉大な作家

そして愛するために離れる

14

死の權利の明るみに於ける
無邪氣な顏をした逃亡

流れる枝をもつた濃霧に沿つて
動かない星に沿つて
蜉蝣が支配する

時　蠟の路の上を
轉ぶ象牙の羊毛

15

私の脊後に私の眼は閉ざされた

の明識と氣質で語られた此のバビットの失敗の物語それこそ現在のアメリカの眞實の姿なのだ。ルイスがそれを如實に描いたことが、その冗長さにもかゝわらず最後迄讀者を牽き付けるのだ。此の成功こそ彼のエスプリの力である。

光は燃やされ夜は馘首された
凰よりも巨大な鳥は
最早何處にとまるかを知らない

弱い苦痛のなかに笑の皺のなかに
私は最早私の相似者を探さない
生は疲勞した　私の映像は聾である
人間のすべての拒絶は彼等の最後の言葉を言つた
彼等は最早出會ない　彼等は自己を知らない
私は孤獨である　私は孤獨全き孤獨である

私は決して變化させせない

# 悲劇役者

（ジャン・デボルド）

若園清太郎

## 3

父は病氣にかゝつた。戰爭が未だ續いてゐたのに、父は除隊の恩典に浴した。父が歸つて來たときの儀式は素晴らしいものだつた。村の人々は彼を愛した。存命中、父は非常な威名を享けてゐた。が、戰爭の間に死んで了つた。

それから、家族は每日墓參に行つた。儀氏と云ふものはゆつくり歩く必があるのであらうか？ 母は、道の勝手をよく知つてゐた子供達を先にたてゝ、案內させた。光榮にも似たあるものが彼等を感激させた。でまかせに歌ふ歌、勇ましい歌がみんなの步調を合させた。大きな悲しみと境遇の神によつて總ての間に任命された母は自らの中に氣高さ、氣丈さ、窮屈、胸がひきしまる思ひなどを感じてゐるらしかつた。そして思ひ出の片鱗が浮んで來ると、それが彼女の泪を誘つた。進んで行つたこの勿體ぶつた行列は若い家族を曳き連れてゆく母に苦しみを感じさせた。墓場にきた時行列は動かなくなつた。少年はいつか敎會堂で聞き及んだ祈禱の斷片を思ひ出した。それは始めから終りまで崇高な文句ばかりだつた。子供の殘酷を知らない心の沈默は彼を非難した。仕方なしに彼は神を讃美するための永いおしやべりを卽座に作つた。彼はそこに憶ひ出と自然とをまぜこぜにした。父の墓の傍で、ひよつとすると彼の輕卒さがうつかりと彼の漠然とした破廉恥を口に洩らしはしないかとすつかり怖れながら、墓の前でする姿勢と習慣《ならはし》を探した。その祈りは彼に、いつかの敎會の火事を思ひ出させた。そして小學校、遊び友達、學年末の試驗などが次々に頭に浮んで來た……彼は旅行してゐた。彼は笑の國にゐた。

忽ち、母の視線が彼を義務の眞向ふに再び置いた。怖れのために彼はその哀願を規則立つた祈禱のモテイフで云ひ變へた。みんなの祈禱の唱《となへ》は至福にも似たものながら、徹頭徹尾神に對する感謝の祈禱、馬鹿げきつた事ばかりだつた。

動かない群集《ひとだかり》は彼をおびえさせた。が、蔭では彼を愉快にさせた。それを彼は目で信ずることが出來なかつた。彼は定りのない考へを死の問題の方へ無理に指向けた。が、小徑の遠くを、自轉車に乘つた婦人が白い犬を從へて通りすぎた。塀の向ふ側の彼方に、空のなかに、子供達がフツトボールをして遊んでゐた。一人の圖太い子供はこの行列について來た。一度などは、彼は制止することの出來ない異常を感じて思はず叫び聲をあげた程だつた。人々は彼を取捲いてどうしたのかと尋ねた。彼は思ひきつて答へなかつたが、山の上で、ずつと頂で一本の木が歩いてゐたと答へた。木が歩いた……家族達はそれを別に不思議に思はなかつた。子供の時にはよくかうした無邪氣な錯覺をおこすものだと考へたからだつた。彼は睫毛の間に心配と一杯になつた怖れをみつめた。一人の男が蓆を運搬してゐた。肩の上にのつかつてゐたその「蓆」が木に見えたのだ。

この粗忽は尊敬を缺いてゐたのではなかつた。が、田園、小牧場、草原の香などが彼を前につき出したのだつた。彼は家《うち》の人々から離れて、山をとり圍んでゐる樅の林のなかに分け入つた。そして何時もの木曜日の散歩を始めた。形づくられた構想は喉のなかでいびつになつた。冷氣が柵にもたせかけた手に沁みる。（私は生生してゐる。私は私の力を抑へつける。私の力を調節する。私は私の頰に觸れる。）その頃、頰に觸れると云ふことは彼を混ぜ返した。

暫くして、彼は目覺める。墓場は彼に、彼の弱さよりしか外に證據だてなかつた。彼は再び調子を合した。母が出發の合圖をするのを待ちながら百位の數字をまちがへ乍ら數へた。

家族は再び田園の道をすゝんだ。人々が挨拶した。墓地の垣のなかで、彼は、どうして母がみんなのお辭儀に答へなかつたのであらうかを長い間不審に思つた。

## 4

突然、劇の舞臺の眞近に進んだ彼は、臺脚上に突立つてゐる興奮した、狂氣じみた、盲目の母を見る。母を傷つける熱情を識るには彼はあまりに年少だつた。子供を見て、その子供達の結婚のことや老後のことを考へて、母の胸のなかに疊み隱された熱情。どんなものにも力を添へる熱情。

それはアルミスティスの祭禮だつた。母に會はずに彼は村の道を取つて行つた。彼は村長の家の近くまで來た。光明《あかり》が窓と木々を輝してゐた。その光明は穴ぐらや暗りばかりに慣れてゐた少年を驚嘆させた。

勝利、悦び、三色旗、陽氣な婦人達、快活な娘達。快活な娘達……

カンテラが吊り下つた村長の家の庭の、踏段の高いところで母はマルセイユを歌つてゐた。驚愕がこの母を夢の自然のなかに一息でおいた。彼が母に目を注いだ時、どうしりした一人の男が帽子を捥ぎ取る様に脱ぐと、それを草のなかにほり投げた。母に何かを祈へたかつたのであらう。けれども愛國者の母は木々の上にたちのぼる噴水の水煙よりしかみなかつた。心を激昂させる彼女の聲だけしか聽いてゐなかつた。帽子をかぶつてゐない、鄭重な士官達の傍にゐる帽子を手に持ち、不動の姿勢を採つたごつごつした兵卒達。公證人とその家族。年寄りの工業家。口をあけた子供達。村の婦人達。自轉車乗り。犬。從卒に制御された中隊長の馬。整頓することの出來ない夜の存在。花火。煙硝のにほひ。密集した樅林の上に昇つて行つた母の聲。有名な詩を節奏正しく歌ふ母の聲。その聲はエゴイズムを崇高で包んでゐた。

家族はどんな喜劇《コメディ》にも加はつてゐない。先祖代々から受繼いで來た禮儀の怠慢、習慣の習慣。それを喜劇《コメディ》と云ふ。また、家族の倨傲、兩親の喧嘩を隱すところの止むを得ない倨傲、過激な性格、暇がかかる傷なども矢張り喜劇《コメディ》である。

ずつと後に、子供は高尚なこの喜劇《コメディ》にまで延び上がることが出來たであらう。若し、母がある場面で《おまえはお父さんの子ぢやない！》と云つても、彼があんまり父によく似てゐるので、それを疑ふ必要なんかなかつたであらう。彼は傾斜の上を滑走する。傾斜――そこで彼は一寸した眩暈、術策、實に騷々しい激動などを識るであらう。

嵐のときに、われわれが居るその場所を、彼は未だ光としか見わけなかつた。

## 5

數年が過經した。彼は大きくなつた。中學校のことが口にのぼつた。中學校は兵役の様に宿命的である。彼は勿體ぶらずにそれに忍從した。不幸にして、彼は若者の經驗を全然もつてゐなかつた。彼の山だしは、たしかに誰にとつても胡散に思はれたらしかつた。その山だしは、彼に隔離、侮辱を齎らした。が、それはまた大きな發見ともなつた。

母は彼を學校の存在地の都會に連れて行つた。汽車の窓から彼は降りしきる雪をみつめる。綿をちぎつた様な雪ののろのろした降り方は、もの悲しい旅行に、子供の德性を汚すおそれがある程啜り泣く母の疲勞と苦しみとを加える。

雪のために重さうに腰をかゞめた樅の木々。珍らしい景色と云ふのはたゞそれつきりだ。樅の木から雪が崩れ落ちるときに、枝が驚くほど高く飛び跳ねる。

家に歸つてから、母は孤りぼつちで、窶れて離れて寢る。彼女が息子と離れたのは今度がはじめてなのだ。間もなく、心殘りは後悔ともなつて來る。そしてこの後悔は、彼女を、彼の前に數週間ひき離す。

學校で、彼は身體の具合がよくない。ひどく寒い。彼を抱擁してくれる母がそこにはゐない。苦しみを助けてくれる何かゞ欲しい！　朝、起きるときに彼は身體の方々に痛みを感じた。母は、生徒が素足で靴を磨き、わづかよりない水道の栓、しかもその水道ときたら水がどつと一度に出て來ないために順番を待たなければならないんだから朝早くから着物を著るべきだと云ふ。窓硝子が一枚破れてゐる。今しがた、彼は素足で、冷たさを少しでも感じない樣に足の裏を横にして步いた。

彼は、この寒さ、不安心、貧亡をうけてゐる母のことを考へる。彼女は苦痛が彼を衰亡させると云ふことを知らない。母の部屋には褐色の陶器製のフアエンザ・ストーブがあつた。姉妹の化粧室の扉は半分開いてゐる。微温の漂つてゐるその部屋は未だ暗い。夜具がさがさとはね上るのは姉妹が寢返りをうつからだ。書架には少年少女小說叢書がぎつしり詰つてゐる。彼は小さい友達のジャンとある午後、寄木細工の人形達が乘つてゐる機械仕掛の汽車を先立てながらこの部屋を通つたことがあつた。

が、何と云ふ寒さだ。畜生め！　彼は一スウも持つてゐない。母は彼に十フラン吳れた。彼女は何も識らない。彼が不得要領な謎をかけるのが彼女にはわからない。それだのに彼女は苛立つ波と惱殺する波とを空中から賺《すか》し取る。彼女は家族の選ばれた群像であるのに、どうして彼女は彼を徒刑に處することが出來るのであらうか？　出發するまでは、彼は母と別々になるのをためらつた。そしてそれを率直に話さなかつた。おお！　彼は母を不安にすることを考へなかつたのだ。母にぐずることを考へなかつたのだ。（われわれは同じ人種ではないのであらうか？　そして、牢獄が彼女を窒息させるのに、どうして私を他のところにやらないのかしら？）と彼は考へるのだつた。思慮のある本能が彼に、不思議な性格と云ふものはたまには何も訴へずによく手段をめぐらすところの有益な結果を産むものだと云ふことを云ひきかせ、そして默ることを忠告する。

彼はもう考へない。彼は變化しない。すこしたつて、聯隊で、彼の長い純潔は類似した現象を生じさせるであらう。

彼は、同じ年輩の、喧嘩好きな力强い、實際の「學校長」である生徒達の威光を嫉む。彼等はよく喋舌る。そして皆は彼等を尊敬して聽く。彼はどこかの隅つこで、あるお伽噺をみんなに話さうと思ひつく。そしたら皆は彼を取り捲いて彼を褒めそやすに違ひない。

雨降りの日はみんながちりちりばらばらになる。彼は遊戯には不得手だつた。彼は不器用に振舞ふ。どんなものも嫌忌、惡い習慣、祕密の會合の方へ彼を進ませない。器用さにかけても騷ぐことにでも、また威張ることにかけても彼はクラスではびりだつた。しかし、彼は立役者でないことを苦にしてゐた。勝負に勝つために彼は「警察の本」を暗誦する。卓子の下に住んだ日の樣に六連發のピストルが發射されて呉れればよいが……と思ふ。丁度、秋の夜、彼が母の後をつけた樣に、彼は、かくれ乍ら後をつけそしてその追跡が不可思議に終つて了つたらよいがと希ふ。(爆彈は爆彈の樣に落下させなければならない。そしてクラスの中であらうがそれを投げなければならない。)あまりの希望が大膽の發射を用意した。過度の佯り。息をこらした極度の熱衝動。彼が卓子の下に引きよせた沈默で彼の魂は一杯になつてゐる。これらの沈默が彼の魂を奪つた。みんなを惱殺しなければならない。野蠻で神を信じない若ものを惱殺するには愛と生との間にたつてゐる非常に高い壁を取り壞すことだ。この壁が彼等を飾らうとする。彼等に生きることを教へる。寢室で、彼は腕を組んで性急に泣く。鋼鐵の身體をした王子の伊達つ振り。何と云ふ天才であらう! ひらひらと舞ひ上る動物的妖精、または愛の翼を持つてゐる姉妹達は熱の籠《こも》つた心の夜のお陰でひらひらと舞ひ上るかも知れない。

愛が容易くなるために、彼は早く齡をとりたいと希つた。と、忽然、愛が彼にやつて來た樣に思はれたのだ。彼が努力で氣迷ふ程憤激する血統のことが話されるのだ。

彼は子爵を信頼してゐた。子爵と云ふのは一人の病身の生徒の綽名だつた。彼は子爵の注意深い顔がひどく好きだつた。顔がそれを決定した。

勿論、彼は最も身輕な氣質を持つてゐる。動的なすべての彼の生は卓子の下の六連發拳銃から始まる。彼は幼年の樣に純だ。若し彼が裏切らなければならなかつたとしたら恐らく彼は慚死したであらう。が、犯罪の物語は眞實に反したものである。母はつくりごとをしたのだ。神よ、母が彼に蒙らせた迷はしを他人にまで順番に用ふることは果して反叛的行爲であらうか?——例へ、一つの物語をつくり出す彼の最愛の母が過失ではなしにそれを自白するとも。

最初彼はのけものにされた生徒達にそれを試みる。のけものにされた生徒達は彼と同じ様に校庭の木にもたれ乍ら光榮の國のことを夢想する。彼は兩親の喧嘩、隱れ家、六連發のピストルのことを話す。しかも曖昧な事實の起伏を現はすために詩人がする樣に微に入り細にわたつてそれを表現する。

すぐに人だかり。話は繰返される。みんなは遊戲をやめて了ふ。

あまりの成功に彼は有頂天になる。彼は絨緞を夢の卓子で持ち上げる。彼はひつくりかへす破廉恥なニュアンスの本をみつける。彼は自分を根氣よくみせる。

けれども、ある日、クラスにゐる時、彼は校長から呼ばれた。彼はびくびくした。校長は鼻眼鏡を拭きつゝ、彼をみつめずに話した。（わしは生徒を取扱ふのには慣れてゐる。わしは君を罰しやうとは思はない。が、君の罪を君の兩親に云はなければならない。お默りなさい！　君は一たい責任を感じてゐるのか、それとも感じてゐないのか。以後、君は充分言葉を愼んで貰ひたい。今後若し君が再び不隱當な人の祕密話で君の友達を不良にするなら、その時こそ、わしは斷然君の家へ申告しますぞ。）

彼は再び、ゆつくりとクラスに入つた。勿體振ぶりをまづく抑へながら。放課時間になるとみんなが彼に尋ねる。彼は、校長が彼に事柄を他言せない樣に賴んだと云ふ。（校長は僕の兩腕をつかまへ、すつかり大よろこびで僕に質問するんだ。校長はあの狹い祕密室を怖れてるんだ！　しかし僕は何にも約束しなかつたよ。）

少年は家族の神聖な暗《くらがり》を解きあかしたり、複雜にしたり、ごつちやにしたり、瓦解させたりする。人氣ではXの奴より上かな？　Xの奴、Zの奴、Zよりも上かな？　彼は時の運を感じる。誰もかれもがみんな至極溫和しい。みんなはどんなことも彼に知らせる。彼を擁護する。術策によつて彼の寵愛を得樣とする。

彼は母に段々と陽氣な手紙を書き送つた。それを彼女は讀み返さなかつた。その手紙の趣が彼女に惡感情を抱かせるのだ。一種の憂欝の辭がこの田舍の存在に律動の外觀を與へる。が、何と云ふ空虛だ！　最初の頃の手紙の哀愁は彼女に好感を持たせたのに。この陽氣な手紙は氣力消耗におちいつて了つた。一日が非常に長かつた。實に長い！　時々、人々は彼女に同情の言葉をよせた。すると彼女は快活に答へた。彼女は周章てた。時々、彼女はおいてきぼりにされた。彼女は、熱がひいて燒き盡くされた灰の樣になつて了つた。

息子が校長の前に呼び出されてゐた時、母は丁度こんなことを考へてゐた。（《お天氣がいゝんだから、外へ出ませう、そして運動しませう。》）彼女は裸麥の畑にはさまれた小逕を步いた。「孤の森」の方へゆく奥深い城砦のなかに波動する彼女がみうけられた。この森を彼はよく知つてゐる。彼は子供の時こゝでいつも遊んでゐたのだ。

彼女は樹の根に腰をおろす。疲れてゐるのだ。どうしたのだらう？　彼女は朝起きるときに日增しに身體の具合が惡い。新らしい重さが彼女を苦しめる。絕望的な、非常な難産のときの追想が彼女に耐へる事の出來ない努力を强要する。

彼女は森に別れを告げて、息子に會ひに行かふと思ふ。が、それを思ひきる。彼女は再び家に歸る。彼女は娘達の部屋を通りすぎる。そしてぐつたり倒れる。最近、息子から來た手紙に返事を書かうかしら? けれども、便箋とインクとを取りにゆくだけの元氣がない。さうして、卓子に顔をうづめて睡入る。ねむりだけが唯一の避難所なのだ。

學校で、息子はどんな方法でその人氣を制馭することが出來たであらうか? 子供達と云ふものは非常にむつかしい。彼等はクラス王子達に、遊びの組織者達に、崇拜者にねだる。そして彼等はそれを獲得する。新進の先驅者《ヴェデット》は取殘された。彼の物語はもう人々の注意をひかない。あるものは、彼を不良息子だとして絶交して了つた。過去の驚愕や破廉恥は魅力を失つて了つたのだ。もう誰も彼に好感を持たなくなつた。法螺ふきを輕蔑した。彼は泣言を云つてみんなをまんまと騙した。すると暴動が起つた。「株」を奪はれた「大將」はその仕返しに(やあい、低能兒! おふくろの乳ばかりのんでやがつて!)と云つて彼に復讐した。

この文句は彼を憤怒させた。弱身をみせまいために彼は家族のことをくそみそにこきおろした。かうしたことは彼にちつとも得にはならなかつた。みんなは彼を裏切つて彼を輕蔑し始めた。彼は根氣よく踏み留まつた。不思議な小さい力、小さい姿でもつて。

珍らしい人、氣むづかしい人と云ふものは決して「大將」になることが出來ない。何故なら偉い人と云ふものは彼等の俗な方面によつてでしか成功しないから。

彼は再びみんなから遠ざけられて了ふ。

彼はまた校長から呼ばれた。今度は、彼は血も涙もなく取扱はれた。親愛なる罪人は辯解の一つもしないうちによゝと泣き伏した。校長は解つたのであらうか？ いや、少くとも、なんにも理由《わけ》がわからなかつたのだ。理由のわからないことをどう云つて説明したらいゝのか？ 冷静にならずに、暗い行爲の動機を明るくして見ることが出來るであらうか？ 彼は、涙ぐみ、洟をすすり、頭を下げてゐるより、外に仕方がないと思つた。

どうして彼が、悲しい内々の話をそんなに尾に鰭をつけて話したかとくどくどしく校長がきくから彼は（それは私を偉くみせたいからです。）とこそこそと答えた。

と、校長は額に皺をよせ、あらん限りの智慧をしぼりだして（それなら、君は全く馬鹿ではないか？）と聞きとれぬ程の早口で云つた。

――さうです。

この間抜けた答へは、あまりの無法な無禮のために校長をたじたじとさせた。校長は出て行きしなに椅子をひつくり返した。そして戸の前で體を回《かは》したためにまた椅子が生徒の背後で音を立てた。そして荒々しく戸が閉められた。

彼はちつとも懲戒に附されなかつた。生徒達と教師達とは彼を「うすのろ」にして了つたのだ。ところで、彼は默つてゐた。このことを家《うち》へ云へば一騒動を起すことが出來ることを知つてはゐたがそれよりも寧ろ學期の終りを待つ方がよいと思つてゐたのだ。
「うすのろ」と云ふ存在は満更捨てたものではなかつた。と云ふのは「うすのろ」は新馬鹿時代をつくり出したのだつた。暗記をしたり、本を讀んでゐたりする時に彼の想像は幻劇の本の中をさまよつてゐた。彼は熱情を自由自在につくり出したり、體溫を上げたり下げたりさせることを考へたりした……彼は學校を脱走したいと思つた。が、ある朝、歯を磨いてゐた時、血が歯莖から、鼻孔から流れ出た。

彼は神様に感謝した。母にあてゝ手紙を書いた。彼は口から血が迸ばしり出たと書きこんだ。《大したことはありません》とつけ加へるのを忘れずに。

ところが、彼がやつと手紙を書き了つた時。母が自習室に入つて來た。息子が家から引き離されたことの不安が彼女を汽車に乘せ、未だに彼女をよろめかせた。

毛房で取捲かれた彼女の顔は赫味を及びてゐた。彼女はたち竝んだ机の間を飛ぶ様に走つて息子を狙ひ求めた。彼女は息子をみつけた……

あまりの神の助けた彼は神を賞め讃へた。彼は苦痛の極みに觸れ、そして同時に彼と母とが様々のきざしによつて愚かな生徒達の教師達との群集《あつまり》を制御したことを彼はしかと見た。のに、あゝ！　みんなはこの抱擁を取り捲いて、前兆、奇異豫感によつて笑ふばかりだつた。彼等は內心一つの大きな確信を持つてゐたのだ！　恐るべき醜惡行爲をした母のことを聞き知つてゐた生徒達。それを知らない生徒達。總ての生徒達は机の上に立つたり窓のところにかしげたりしながら、決鬪の一場面の後、拍手喝采の最中に接吻して姿を消す道化役者のそれの様に髮をふり亂し前後を忘れて接吻したのち此自習室を出てゆく母と子を見續けた。

しかし……汽車の中で、發熱が始まつた。若者の眼は一そう輝いた、血の凝塊がぐんぐんと上つて來た。そして唇のぐるりに滲み出た時、「ろすのろ」のお母さんは、阿呆な母は手巾で彼の彼の口を拭いてやつた。

## 6

戸ががたがたなる家の中で、用心深い家族は隱れる血のことを話すのを避けた。人間の血。僅かな血。靜脈や動脈や心臓などの血。病の血。それらを家族が子供や危險な年頃の娘達に祕密にしてゐたのは彼等の家族に對する尊敬を失はせまいとしたからであつた。

若しかすると血が運惡く顏を出すかも知れないと考へて、新鮮な血の溜りのぐるりに箍《たが》が篏められた。いくつもの手巾が裂けた膝や傷口を繃帶した。汚れたところには痲の布でかくされて了つた。塗りつけた藥草のアルニカをも。護謨引きの薄琥珀がどれ程用ひられたか知れない！　不器用な兩親は、息子と娘達との厄介な質問に答へられる樣に言拔を用意してゐた。敬虔な嘘をならべたてることが是非とも必要だつたのだ。が、人々は決して地上の未知の力に注意しない。未知の力、その不思議さは法則のなかに逃れる。

私は卓子のまわりに掠りついてゐるわづかな血のことを話さうと思ふ。その血は、泣きくづれてゐる母の心臓のなかにも、また息子の残酷な腕のなかにも流れてゐる。つまり、悲しみをあらはす爲に一つの傷を。眼に見えない血が流れてゐる傷のことを。

誰もその傷を知らない。血は擴がり放題だ。それは母と云はず子供にまで掠りつく。それのみか、斷ちきられた血縁の人々にまでも。それは新らしい存在のなかに、責任を負はなければならない兩親と同じ樣に、妖術あるひは夢魔とを植えつける。希望のために潰されるこの存在は、二十年ほどたつてから、他の者にまで傷をつけて了つた。小説味が、あらゆる表現の手段によつて潤飾せられて再び始まる。

それは眼に見えない血の法則である。最初に切斷された脆弱な血縁は實に怖るべき眞の血縁の啓示である。成長した息子は、ある日、激情まぎれにその血を引きぬいた。

その日、幻劇のことを悉皆忘れて了つてゐる母は、彼女が持つてゐる弱さ、策略、情熱の鎧等をことごとく使ふかも知れない。が、息子はすでに遠く「約束の地」に辿りついてゐる。彼は一寸顏を見せるだけで、彼の魂は家族の食事、年忌のあつまり、夕方のあつまりなどから姿を消して了ふ。(つゞく)

# 創作集「檸檬」を讀む

梶井基次郎は冬の蠅ではないかしら、と僕は考へる。

冬の蠅とは何か？

よぼよぼと歩いてゐる蠅。指を近づけても逃げない蠅。そして飛べないのかと思つてゐるとやはり飛ぶ。

僕は梶井基次郎を、やつぱり意力を祕めた一匹の冬だと思ふ。

　この蠅は弱々しい肉體を持ちながら、異常に精緻な觀察眼と、ゆたかな感覺と、やさしく美しい夢の翅をひろげながら僕たちの腦髓の中を歩く、その跫音は夕暮の闇の中に聞く路ばたの淸水の音を想はせる。僕たちは一つの慰安を與へられる、靜かな愛撫をうける、闇の繪卷のなかで僕たちはやはらかい羽布團に眠る。冬の蠅は相變らずそのまはりをひとりこつこつ歩いてゐる。

　僕はこの小說集の初めの部分は、最近の「交尾」「冬の蠅」「闇の繪卷」に比べて幾分の遜色を見る。事實、僕は卷頭二三を讀み終つて、ゆくりなくも思ひ浮べたのは三好達治の一篇の詩「Mémoire」だつた。この詩は僕の愛誦するものだ、そして梶井基次郎の小說遂に一篇の「Mémoire」に及ばないのではないかと思つた。だが、讀みすゝむうち僕の杞憂は霽れあがつてきた、卷を置いてのち、僕は遠い山峽の灯を見る愉しさに溺れたのだ。一貫するポエジイが僕の胸にひゞいた、冬の蠅の跫音を僕は聞いたのだ。

　冬の蠅。この一言で僕の批評は盡きる、梶井基次郎は正に嚴寒になほ飛ぶ一匹の冬の蠅ではないか！

　水底の岩に落ちつく木の葉かな

「冬の日」のなかに用ひた丈草の句である、これはまた藝術家梶井基次郎を語るよき一言でなければならぬ。

　梶井君よ、健在であれ。

（本　多　信）

## 編輯後記

此の號から僕が編輯の事務に當ることになりました。
次號は八月末に發行の豫定です。

☆

購讀申込は、岩波書店へ。
編輯上の一切の要件、雜誌寄贈は左記へ。

神田區岩本町三四（江口清方）
「青い馬」編輯宛


昭和六年六月三十日印刷
昭和六年七月 三 日發行

青い馬 第三號
定價金參拾錢

編輯兼發行者 東京府荏原郡矢口町安方一二七 坂口安吾
印刷者 東京市牛込區山吹町一九八 萩原芳雄
印刷所 東京市牛込區山吹町一九八 萩原印刷所

定價 一部 參拾錢
半ケ年分 壹圓八拾錢
一ケ年分 參圓五拾錢
前金、直接御申込に限ります。

發行所 東京市神田區一ツ橋通町三 岩波書店
電話九段（33） 一二八一番 二六二六番 二一〇八番 二一〇九番
振替口座東京二六二六〇番

古今東西の典籍

# 岩波文庫

既刊三百餘册

| 書名 | 著者・譯者 | 定價 |
|---|---|---|
| イワーン・イワーノヰッチとイワーン・ニキーフォロヰッチとが喧嘩をした話 | ゴーゴリ作 原二郎譯 | ★ |
| 現代のヒーロー | レールモントフ作 中村白葉譯 | ★★ |
| プウニンとバブリン | トゥルゲエニエフ作 小沼逵譯 | ★ |
| 罪と罰 第一巻第二巻第三巻 | ドストエーフスキイ作 中村白葉譯 | 一二三 ★★★★★★ |
| カラマーゾフの兄弟 第一巻第二巻第三巻第四巻 | ドストエーフスキイ作 米川正夫譯 | 一二三四 ★★★★★★★★★★★★★ |
| 貧しき人々 | ドストエーフスキイ作 原久一郎譯 | ★★ |
| 戰爭と平和 第一巻 | トルストイ作 米川正夫譯 | ★★★★ |
| 戰爭と平和 第二巻上下 第三巻上下 | トルストイ作 米川正夫譯 | 各★★★ |
| 戰爭と平和 第四巻上下 | トルストイ作 米川正夫譯 | 上★★★ 下★★★ |
| イワン・イリッチの死 | トルストイ作 米川正夫譯 | ★ |
| 結婚の幸福 | トルストイ作 米川正夫譯 | ★ |
| 光あろうちに光の中を歩め | トルストイ作 米川正夫譯 | ★ |
| クロイツェル・ソナタ | トルストイ作 米川正夫譯 | ★★ |
| 復活 上巻中巻下巻 | トルストイ作 中村白葉譯 | 上、中、下、各★★ |
| 皇帝フョードル | ア・トルストイ作 除村吉太郎譯 | ★ |
| サーニン 上巻下巻 | アルツィバーシェフ作 中村白葉譯 | 上★★★ 下★★★ |
| ギルヘルム・マイスター 上巻下巻 | ゲーテ作 林久男譯 | 上★★★★ 下★★★ |
| 若いエルテルの悩み | ゲョエテ作 茅野蕭々譯 | ★★ |
| トオマス・マン短篇集 I II | 日野捷郎譯 | 各★ |

| 書名 | 著者・譯者 | 定價 |
|---|---|---|
| 埋木 | 森鷗外譯 | ★ |
| みれん | 森鷗外譯 | ★★ |
| マノン・レスコオ | アベ・プレヴオ作 河盛好藏譯 | ★★ |
| 從兄ポンス 上巻下巻 | バルザック作 水野亮譯 | 各★★★ |
| 知られざる傑作（他五篇） | バルザック作 水野亮譯 | ★★ |
| カルメン | メリメ作 杉捷夫譯 | ★ |
| エトルリアの壺（他五篇） | メリメ作 杉捷夫譯 | ★ |
| 日の出前 | ハウプトマン作 橋本忠夫譯 | ★★ |
| 希臘の春 | ハウプトマン作 城田皓一譯 | ★ |
| ソアーナの異教徒 | ハウプトマン作 奧津彥重譯 | ★★ |
| 水の上 | モウパッサン作 吉江喬松譯 | ★★ |
| ピエルとジャン | モウパッサン作 前田晁譯 | ★★ |
| お菊さん | ピエル・ロチ作 野上豐一郎譯 | ★★ |
| 氷島の漁夫 | ピエル・ロチ作 吉江喬松譯 | ★★ |
| 青い鳥 | メエテルリンク作 若月紫蘭譯 | ★★ |
| 法王廳の抜穴 | アンドレ・ジイド作 石川淳譯 | ★★★ |
| 若き日の手紙 | フイリップ作 外山楢夫譯 | ★★ |
| 緋文字 | ホーソン作 佐藤清譯 | ★★★ |

定價 ★二十錢 送料二錢

東京市神田區一ツ橋通町

岩波書店

振替東京 二六二四〇

電話九段 一〇二二 一二八一 二一〇八 二一〇九 二六二六

《復刻版刊行にあたって》

一、本復刻版は、浅子逸男様、庄司達也様、公益財団法人日本近代文学館様の所蔵原本を提供していただき使用しました。記して感謝申し上げます。

一、復刻に際しては、原寸に近いサイズで収録し、表紙以外はすべて本文と同一の紙に墨色で印刷しました。

一、表紙の背文字は、原本の表示に基づいて新たに組んだものです。

一、鮮明な印刷となるよう努めましたが、原本自体の状態不良によって、印字が不鮮明あるいは判読が困難な箇所があります。

一、原本の中に、人権の見地から不適切な語句・表現・論、また明らかな学問上の誤りがある場合も、歴史的資料の復刻という性質上、そのまま収録しました。

三人社

---


**青い馬　七月號　復刻版**

青い馬　復刻版（全7冊+別冊）

2019年6月2日　発行

**揃定価　48,000円+税**

発行者　越水　治

発行所　株式会社　三人社

京都市左京区吉田二本松町4　白亜荘

電話075（762）0368

組　版　山響堂pro.

乱丁・落丁はお取替えいたします。

七月號コードISBN978-4-86691-130-4

セットコードISBN978-4-86691-127-4